GOBOOKS
& SITAK
GROUP©

GOBOOKS & SITAK GROUP©

三日月書版

三日月書版

仙魔劫

無名

BL008

三日月書版

墨竹——著

目次

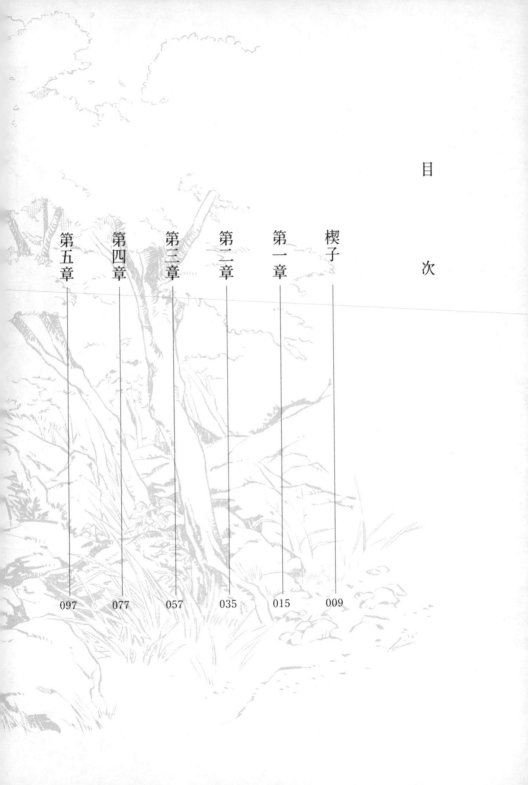

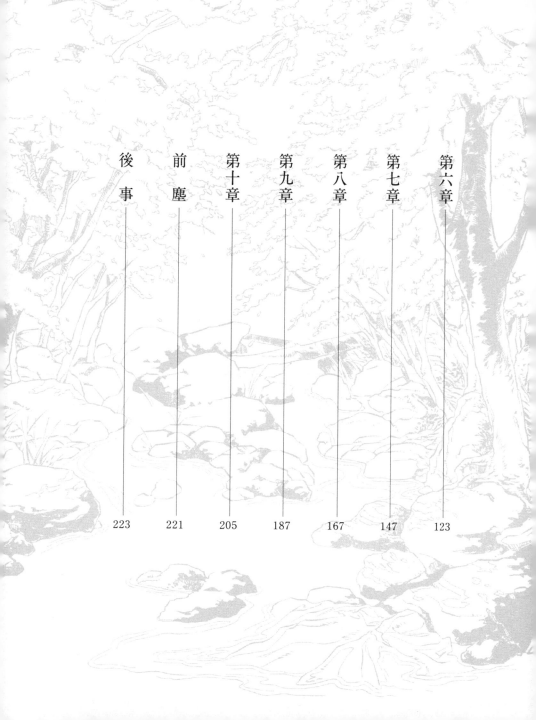

楔子

長白幻境，暴雪正狂。

高懸在長白山頂萬丈高處，連飛鳥也遠遠無法企及的高度，是凡人無法到達的絕境。

這裡，甚至是神仙的禁地。

一目雪山冰湖，寒冽不可親近，正如它的主人。

在一片深藍湖水邊，一地白雪上，一座青色竹舍裡，正有兩人靜靜對峙。

「他真是個十分特別的人。」收起手中玉骨摺扇，穿著青衣的那人開了口，好像是在可惜著什麼。

另一個著白衣的人將目光由坐倒在窗邊的身影處收回。

然後轉身，像要離開。

「你就這樣走了？不掩埋他嗎？」青衣男子叫住他，語氣中帶著刻意的驚訝。

「神魂已遠，皮囊自會朽壞。」白衣人開了口，不但他的人看來冰冷不可親近，連說話也是冷冰冰的。

「在自己的屋裡留著屍體，總不太好吧！」青衣男子咋舌。

「染上汙穢血光之處，我不會再要了。」反正不過經年，也會化為塵土。

「唉。」青衣男子嘆了口氣：「我以為自己夠薄情的了，果然還是和你相去甚遠。」

白衣人也不理他，一個振袖，頭上玉環輕輕撞擊作響，頓時人影已渺。

半空遠遠傳來留音：「你我前情舊債一筆勾銷，從此以後，如果讓我知道你還是處處阻撓，我不會再手下留情。」

青衣男子站在那裡，唇畔帶笑。

許久之後……

「你還是真是氣得不輕啊！」青衣男子挑眉一笑：「說什麼一筆勾銷？我跟你的舊帳，哪裡還能算得清！」

他轉過身，走到窗邊，半蹲下來。

「真是的！一劍穿心，他果然本性冰寒，不可教也！」他側頭看看窗邊坐著的那個已經失去生命的身體，笑著說：「你若現時死了，豈不無趣？你到了今日的地步，我多少有些責任。你們原本緣分盡了，從此以往，不會再有任何牽扯。

「但這因是我，果是他，實在有些說不過去。不以我的意見決定結果可不行，我會覺得落了下風的！何況我與他之間的爭鬥註定了曠日持久，埋下越多的變數於我越是有利。」他自懷中取出一物：「你服食過絳草，體質已經異於常人。我可以試著讓你還陽，但難以保證這東西能夠和他留在你身上的氣息相抗衡，到最後會有什麼後果……不是挺有趣的？」

他手中拿著一顆火紅的珠子，纏繞其上的光華猶如熊熊火焰，泛出萬道紅光。

「這顆珠子叫做炙炎，今日我把它送給你，算是清算舊怨。從今後，你就跳出三界之外，不在輪迴之中。他曾和你命數相繫，不會再知道你還活著，你既然和我的命途相關，我也不能算出你的未來。你的前途，不會有任何可知之數。」他笑得很是開心：「你瞧，這才叫有趣！」

「反正，這事情是越來越複雜，越來越令人期待了！他日重逢前，你可要好自為之，多多保重啊！」他把珠子放進那死去之人的嘴裡，使力讓那人吞了下去。

朗笑聲起，青影閃動，終於只留下一片死寂。

一雙眼幽幽睜開。

烏黑如舊，流轉間，卻閃動著深紅光華……

前髮，一絡紅豔，色如鮮血……

1

他知道自己已經走了很久，可是他並不想停下來，他需要這樣走著。

一座又一座的城鎮，一處又一處的荒野，任什麼都無法讓他停下腳步。

他知道自己很奇怪，他從不允許自己像現在這樣胡亂披散著頭髮，衣著不潔，可現在，他根本不理會這些了。他只知道，自己不能停下來，要是停下來了……就必須……

「你知不知道你已經走了很久？」最初，似乎有人這麼問過他。

仙魔劫 無名

問話的人有點眼熟，看他始終不回答，最終還是走了。

有多久了？一天？十年？還是已走了一世？

為什麼不停趕著路呢？

是在尋找什麼？或是逃避什麼？

不知道啊……

這是一片大澤，雲霧繚繞。

好像有人試圖阻攔他，不讓他前進。

但他還是繼續走著……

周圍似乎有些奇怪，但只要能夠行走就好。

眼前是一片白茫，但他沒覺得有什麼阻礙。

沒有盡頭？那最好了……

白日黑夜替換，但他重複地做著兩個動作，提腳，邁一步，提腳，邁一步……

這一夜……

眼角閃過紅色的光芒。

前方有東西攔著？那繞過去吧……

但他突然間停了下來。

很突然，突然得連他自己也覺得奇怪。

「我在問你！」有一個聲音傳入他空茫了很久的神智。

「我問你，你的心還在嗎？」

就是這句，這句話讓他停下了腳步。

他皺了皺眉，然後緩緩地轉過頭。

「天啊！」他倒抽了口涼氣，不由得向後退去。

這是他自出生以來，所見過最恐怖的一幕。

月光明亮，眼中所見，宛如無間地獄。

到處是殘肢斷臂，他一生也沒有同時見過這麼多血。

「血池地獄？我真的死了嗎？」濃烈的血腥氣讓他忍不住地隱隱作嘔。白的肢體、紅的血液，他閉上眼睛，不忍再看。

「它們是死了，不過，你還是活著的。」又是那個聲音，鑽入了他的腦海。

他定了定心神，再次睜開了眼睛。

這次他看見了說話的那個……人……

至少，看起來像是個「人」。

先前沒看見，是因為那個「人」穿了一件鮮紅的衣裳，鮮紅鮮紅的，血一樣的顏色。然後，在一片血海之中，幾乎讓人分辨不出那是一個完整的、鮮活的生命。

或許，那衣裳本不是紅色的……

血淋淋的畫面讓他又一陣頭暈，背靠到了身後的參天大樹上才穩住了身形。

「你在做什麼？」他瞪大了眼睛，不可置信地看著。

那個看來像是個青年的「人」，正從地上的一具屍體胸膛裡，拿出一顆像是「心臟」的東西。

「做什麼？」紅衣的青年歪著頭：「找心啊！我的心不見了，我正在找。」

「這些人是你殺的？」他轉過頭，不忍再看。

「這些東西是我殺掉的不錯。」青年低著頭，把那血淋淋的內臟翻來翻去看著。「不過，它們不是人，只是一些剛能化成人形的低等妖精。」

「你……也是妖精嗎？」他捂住了唇鼻，受不了那種腥臭。

「是。」青年不滿意地咕噥一聲，把手裡的心臟隨便一扔，狠狠踩了一腳。

他敢發誓他聽見了一聲淒厲的慘叫。

「如果不是，我就出去了，人比較好找。」

他突然覺得有些生氣，一生氣，他的頭就不暈了，也就能穩穩地站直。

「不論是妖是人，你不覺得每一個生命都是珍貴的？怎麼可以為了一己私利，濫殺無辜？」

那青年似乎感到奇怪，抬起了頭來。

他的心一痛。

青年的臉上籠著一塊黑紗，但那雙眼睛，黑白得分明，長長的鳳眼，那眼神，清澈得近乎冷酷……好熟悉的冷酷……

「它們剛才跟在你的後頭，說你身上有著仙氣，只要吃了你，就能夠多幾百年的修為。」青年上上下下看著他：「它們最近不知躲到哪裡去了，因為你，才會一下子逮到這麼多。我看你也有點奇怪，所以才會問問的。」

「就算這樣，你也不應該殺生。」他皺著眉：「亂造殺孽會有業報，他們要殺我，讓他們殺了便好，何必弄汙你自己的手呢？」

「你真的挺奇怪的。」青年走到他面前，與他平視：「我也見過人，可你和他們不太一樣。」

「每個人本來就是不一樣的。」

「你身上有仙氣，又不像是神仙的味道。」眼前的這個男人穿著白色的衣裳，上面有著暗色的血跡，披散著滿頭的長髮，可居然不顯得邋遢。「你也不是個人，更不像是個精怪。」

青年伸手碰了碰他前額一綹暗紅的頭髮：「奇怪的頭髮。」

那一碰，把手上的血沾了不少到他的髮上。

他有些愣然地看著，看著他的眼睛……

「你的心呢？它還在嗎？」青年問。

他點了點頭。

「能不能讓我看看？你這麼奇怪，你的心也挺奇怪的吧！也許就是我在找的那顆也說不定。」

他隨著青年的視線低下頭，看了看自己的胸口：「我也不知道，如果你想要的話，就拿去吧！」

青年聞言兩眼放光：「你胸口有這麼多血，我還以為被人先剜去了。」

青年說完之後，興高采烈地一把拉開他的前襟，隨即面色一變，語帶埋怨地說：「你騙我幹什麼？你的心明明也被人剜走了嘛！」

他低頭一看，自己的胸口上有一道創痕，正是在心口的位置。疤痕雖然已經痊癒，但色澤依舊紅豔，十分明顯。

「對了。」他記起了什麼：「我的心倒是還在，不過，不知道是不是還活著。」

「死了？怎麼死的？」青年失望地追問。

「被一把劍刺穿了。冰冷的、漂亮的長劍。」他微笑著回答。

青年狐疑地把手放到他的心口。

「是啊！都不跳了。」青年失望極了：「死了的心對我沒用。」

「能讓我看看你的臉嗎？」他忍不住開了口，雖然知道是不可能的，但那雙眼睛……

「我的臉？」青年問：「為什麼要看我的臉？」

「只是想看看。」

「臉不好看。」青年搖頭：「它們取笑我的臉，我就剜了它們的心。」

「不，我不會的。」他摸了摸青年的頭，就像對待一個稚氣的孩童一樣。

「好吧！」青年點點頭：「你如果笑我，我就剜了你的心。」

他點頭，算是保證。

青年伸手拉下了自己的面紗。

「天啊！」他把手伸向那張臉，卻不敢碰觸。

那應該是一張十分美麗的臉，至少，那原本應該是一張十分美麗的臉。可是，那俊美的輪廓上、白皙的皮膚上，竟布滿了傷痕。用的是利器，又狠又快地劃碎了這張美麗的臉。

大大小小的傷疤如同扭曲的蜈蚣爬滿了整張面孔，徹底地毀了他的樣貌，在夜色中看來分外可怕。

「是誰這麼狠心？」他心裡有些難過，雖然不是女子，但這樣的傷害對於任何人來說，都太過分了。「為什麼要這麼傷害別人？」

「我不是人，我是妖。」青年索性隨手扔了黑紗：「你是在為我難過嗎？」

「你自己呢？不覺得難過嗎？」就算是妖，也是有感覺的吧！

青年搖了搖頭：「我不難過，我覺得很好啊！」

這答案讓他迷惑了，難道說，妖都是這樣特異的嗎？

「你沒有笑我，我就不剜你的心了。」青年心情倒是好起來了：「對了，你是不是我的父親呢？」

「父親？」他一愣，不明白為什麼會有這樣的問題。

「它們說，只有我的父母才不會嫌棄我的臉難看。你是第一個沒有嫌我臉難看的，那應該就是我父親吧！」

「不，我不是。」

「為什麼？」

「我年紀不大，不可能有你這麼大的孩子。」也許，這個看似稚氣的妖年紀反而比他大多了。

「年紀不大？」青年皺眉：「可是，你看起來很老了啊！」

他不解地看著青年。

「你跟我來。」青年一把抓起他的手，拖著他就跑。

「去哪裡？」

「看看誰比較老啊！」

仙魔劫

無名

他只能放開腳步，盡力跟上青年。

拐了兩三個彎，也不知跑了多久……

「到了。」青年終於停了下來。

是一片池塘。

「你帶我來這裡做什麼？」

「你看。」青年把他拖到池邊，指著池塘裡如鏡一樣的水面。

藉著月色光華，他愣愣地看著，愣愣地撫上鬢邊眉梢。

那應該宛如子夜的烏黑，竟已是一片雪白。除了額前那絡詭異的暗紅，不知什麼時候，他的長髮竟變成了雪白一片。

「相思何以憑？一夜青絲盡飛雪。」他笑了，帶著深深的自嘲：「我竟然似小女兒模樣，為了一個情字，落到了這般……」

「那是什麼意思？」青年湊過來問他。

「你還是不要懂得好。」他搖了搖頭，看向那張殘破的臉。

青年似懂非懂地點了點頭，問：「那，你現在願意承認你是我父親了嗎？」

「不，我雖然滿頭白髮，但我的年紀其實不大。我不是你的父親。」

「你是不是因為我被人剜去了心，才不願意認我？」

「剜去了心？你口口聲聲說被人剜了心，可就算是妖，被剜了心，怎麼還能活著呢？」

下一刻，他卻被嚇了一跳：「你做什麼？」

眼看著青年竟然開始寬衣解帶，他生性矜持，雖然大家都是男人，但還是被嚇得轉過頭去。

「我是想讓你看看啊！」青年的聲音聽來沒有任何異狀：「我的心真的不見了。」

仙魔劫 無名

他原本想飛快地一瞥而過，但目光卻又轉了回去。

「你的心……」

在白皙的皮膚上，心口的位置，有一條又深又闊的舊傷痕，從右肩下方不遠開始，斜過整個胸口，一直延伸到小腹上方為止。又深，又闊，猙獰張揚，看的人都會明白那是一個多麼慘烈的傷口。

「你看。」青年按了按心口，那裡微微地下陷。「我的心不見了，有人拿走了它。」

「太殘忍了……」那觸目驚心的傷痕讓他一時無法回神：「究竟是誰對你做出這麼殘忍的事？」

「我不記得了，我醒來的時候，什麼都不記得了。我只知道，我的心不見了，有人剜走了它，我要找回來。」

他動手幫青年整理好衣服，摸了摸青年漆黑的頭髮。

「為什麼一定要找到呢？」他有點難過，眼前的這個妖就像一個單純的孩子。「既然不見了，你又何必一定要找？」

「可是，大家不都是有心嗎？它們都說，那是很重要的東西，不可以不見的。我沒有很重要的東西，我想要把它找回來，那我就和大家一樣了。」

「重要嗎？」他把青年的手按到自己的心口：「你看，我的心雖然還在，可是它已經死了，我也沒覺得有什麼嚴重的。既然你沒有心還能活下來，代表它對於你來說，並不是最重要的東西，不是嗎？」

「可是……」

「你再想想，你被剜了心以後覺得心很重要，那你怎麼能再去剜別人的心呢？他們就不會覺得難過了嗎？」直覺告訴他，這個妖心地應該並不是殘忍的。

「你說你不是我父親，我為什麼要聽你的？」

「所謂的父親，是指有血緣關係的血親。你是妖，我不是，怎麼可能會是血親？」

青年眨了眨眼睛。

「你叫什麼名字呢？」他問。

「名字？」青年搖了搖頭：「我沒有名字，我愛晚上出來，它們就叫我夜妖。」

「那算不上名字。」

「你叫什麼名字？」青年拉住了他的衣袖。

「我？」他眼神一黯：「我……就叫做無名，是沒有名字的意思。」

「你也沒有名字啊！」

「我的心裡有太多放不下的事，對於我來說，這個名字最好。但你不同，你忘記了過去種種，代表著可以有一個新的開始，那就應該有一個屬於你自己的名字。」

「新的名字？什麼名字呢？」

他看著青年，對方有著漆黑的髮與眉眼，修長優雅的身形，行止中散發著無法捉摸的神祕美麗。這樣的人，或者說這樣的妖，應該叫什麼名字呢？

「不如就叫做惜夜，好嗎？」無關容貌，而是這青年舉手投足中，帶著高貴張揚，如同夜色一樣透露著無盡的華美。

「惜夜？」

「黑夜是光明之始，盡可說所有希望孕育其中，和你是極為相稱的字眼。惜夜，就是珍惜你的意思，希望每一個認識你的人都可以珍惜你。」他微笑著解說。

「惜夜？我就叫做惜夜……」青年那格外清澈的眼神有一剎那的迷離。

「你喜歡嗎？」

青年點點頭，看表情，似乎像是在笑。

仙魔劫 無名

他心中不忍，想著若是容貌未毀，這張笑臉也不知會是怎樣動人。

「你為我取了名字，那你就做我的父親好嗎？」

「你想跟著我？」看見青年的眼中充滿親近的渴望，他有了一個念頭：「如果你要跟著我，就不能再剜別人的心了。」

青年用力點頭：「我有了父親，要是我父親說不剜我就不剜。」

「我們總算是有緣。」他理了理青年的頭髮，那髮黑如絲緞，長到了腳踝：「你跟著我也好，不過，你不能叫我父親，你可以叫我做無名。」

「我想叫你父親。」青年的眼中充滿了堅持，那堅持，讓他心中又痛了一痛。

「隨你吧！」對這樣的眼神，他向來無力抗拒。

「我不剜別人的心，又該做些什麼呢？」

「學著做人吧！惜夜。」

「做人？做人有什麼好的？」

有什麼好的？這個問題聽來多麼耳熟，許久之前……許多年以前……

「我也不知道，但是一直以來我總覺得我只是個凡人。你要是跟著我，我也只懂得教你做人。」

「好啊！父親讓我做人，我做人就是。不過，做人是不是很難？」

「很難。但我們不急，我們有很長的時間，總是學得會的。」

「好！從今天起，我要做人。」

旭日東昇，濃霧不知何時已然盡散。

風吹過。

吹散滿天陰雲。

2

三百年後。

他已經跟了很久，從集市一直跟到了荒山野嶺。

究竟還要走多久啊？

聽鎮上的人說，好像還有一個年紀比較大的。

還是一網打盡比較好。

轉過山坳，一片落櫻飄墜，芳草如茵……

嚇了他一跳。

沒想到居然遇上這麼有品味的……

「跟夠了嗎？」眼前突然多了張臉，嚇得他退了幾步。

「好大的膽子！」他擺開架勢。

「喂！這句話應該由我來說吧！」那人無奈地翻了個白眼：「你好大的膽子，跟我跟這麼久到底想幹什麼？」

「你這隻小妖，身上血腥味這麼濃，不知殘害了多少生靈，今天我要……」

「替天行道，斬妖除魔，對吧！」那人又一陣嘆息：「千篇一律，真是沒新意。」

「小妖！」他覺得臉上一熱，還沒人在他說出這些話的時候這樣嘲弄過他呢！一時頗覺臉上無光：「納命來！」

他雙手捏印，招來劍靈，滿意地看著那妖收起了輕蔑。

「麻煩！」那人雙眉一斂，沒想自己是遇到了會仙法的術士：「娃娃臉，我今天心情好，不想殺人，識趣的話就快走開。」

「你是怕了吧！」居然叫他娃娃臉！太過分了！長著娃娃臉又不是他的錯！

「我今天要為天下蒼生除去一害！」

這娃娃臉不是學道學成走火入魔了吧！這一害如果好除，哪裡輪得到他啊！還天下蒼生？真讓人受不了！

「娃娃臉，趁我還沒發火，你最好走人。」他回頭朝谷中看了看：「不然我打得你變豬頭！」

「說話中氣不足，小妖！你心虛了吧！」他仰天長笑，以暢胸懷。

「閉嘴！如果你敢把他吵醒，小心我宰了你！」他開始恨自己貪玩，早知道在路上就把這大喉嚨甩了算數。

「哼！已經開始想要逃跑了嗎？」他看著對方頻頻向後張望的動作，心中不免洋洋得意起來：「只要你束手就擒，我就給你一個痛快！」

哪裡來的死娃娃臉！他頓時怒了！

「不如我現在就宰了你，省得你以後死無全屍。」以這種白痴的樣子，八成會不得善終，還不如趁早給他個痛快。

「看劍！」他手一揮，劍光出鞘，早已蓄勢待發的劍靈朝那人衝去。

那人冷冷一笑，手一揚，袖中竄出一條漆黑發亮的長鞭。

糟了！看來這小妖道行不淺，他奮力地想從一片鞭影中打開出路，偏偏那妖鞭法精湛，長鞭不單如影隨形，甚至連他的仙劍也斬之不斷。

這邊心中叫苦，那裡雖看似悠閒，但心裡倒不免有點驚訝。

「娃娃臉，你還真有一套，怪不得這麼猖狂。」能和他纏鬥這麼久都不分軒輊，還真不多見。「看來宰你要花很大的力氣，不如就此算了，快回家吃晚飯吧！」

「住嘴！你這小妖，今日我定要剜出你的心來，看看到底是什麼顏色的！」

他說著慣常的用詞，一邊催動劍咒。

「剜我的心？」那人臉上的淺笑突地不見，神情變得異常陰鬱。

「哼！」他被突然實力大增的對手逼得手忙腳亂起來：「妖孽！看我的食妖鏡！」

終於拿出了壓箱底的寶物。

他本已衝到娃娃臉的面前，但被一陣白光刺得眼睛劇痛。換了別人，怕不立刻掩目閃躲，但他天性剛烈，不退反進，一副不勝也要同歸於盡的架勢。

另一邊則本以為勝券在握，沒料想頸上一涼，那妖竟在鏡光照射下直衝過來，五指一張，生生掐住了自己的脖子。

一時，嚇得離了三魂散了七魄。

「惜夜，你是在跟這位小兄弟打架嗎？」

他頸上的力道立時鬆開不少，但手裡的食妖鏡卻被打落到了一邊。

「沒有沒有！」那小妖的口吻有些慌張：「我只是和他在開玩笑。」

頸上力道全失，他立刻彎下腰，捂住脖子大聲咳嗽起來。

「是嗎？」那聲音十分地平和，讓人一聽就覺得心平氣和。

一雙白色的鞋子出現在他半彎著的身前。

「你還好吧！」一雙手扶上了他的雙肩。

他雙目一瞪，不可置信地抬起了頭。

眼前的人有著奇特的樣貌，髮色如銀，像是垂暮之人才有的那種銀白。膚色也白得出奇，又穿了一件白色的衣服，目之所及，除了眉眼、唇色以及額前一絡略顯詭異的暗紅髮束，幾乎都是一片雪白。

再看他的模樣，明明只有二、三十歲，偏偏整個人看上去如同一泓死水，沒有一絲生氣。

可是，最奇怪的……

「你是神仙？」他不確定，因為那仙氣雖不容忽視，但也十分淡薄縹緲。

那人搖了搖頭。

「是妖怪？」雖說他形貌特異，可絲毫沒有妖邪之像，反倒眉目和順，有一股說不出的清雅。

那人又搖了搖頭。

「那你是什麼？」不知為什麼，對著他忍不住就放軟了聲調，似乎在他的面前大喊大叫是一種很沒有禮貌的行為。

「很重要嗎？」那人從袖中拿出一塊白絹，替他捂住被劃破的頸上傷處：「是仙，是妖，是人，是鬼，不都是生靈？區別只在於存在的方式不同而已。」

「妖魔鬼怪，應得而誅之。」他說得正氣凜然。

那人朝他一笑，他不知道為什麼自己的臉上會有點發熱。

「對我來說，這世間生靈並沒有種族之別，只有善惡之分。不過，就算善惡也不能太過偏而概全。有時候善惡也不過是一念之差，任何事都不是絕對的。」

他雖然覺得這個觀點很奇怪，但又無從辯駁。

那人看出了他的不以為然，好脾氣地說道：「你還年輕，等你閱歷更多的時候，看法自然會改變的。」

就算是心裡不那麼認為，但他無論如何還是點了點頭。

要是被認識的人看見他這麼聽話，恐怕連下巴都會嚇掉……

「惜夜！」那人喊了一聲。

一直沒出聲的妖不情不願地走了過來。

他有些防備地盯著，生怕那妖狂性大發，撲上來咬人。

這邊不屑地給了娃娃臉一個大大的白眼。

「惜夜，記不記得你答應過我什麼？」

他的頭低著，悶悶地應了一聲：「記得，不應該傷人。」

「那你為什麼動手？」那人的聲音一直不急不緩，好像只是在和人閒聊。

「沒有啊！」他的頭抬了起來，為自己辯解：「我沒有想殺他，只是嚇嚇他罷了。」

「是嗎？要是我沒來，你會不會及時鬆手？」

他又低頭，把手中長鞭在腕上繞來繞去，語調中無限委屈：「我一開始真的只是跟他玩玩，心想趕他走就好。誰知……他說要剜我的心出來……我就生了氣……」

那人訝異挑眉，回過頭來看向「受害者」。

「只是一時……說習慣了……」奇怪了，他解釋個什麼勁啊？

「所以說啊！明明就不是我的錯！他還拿那個破鏡子照我來著！」立刻有

妖博取同情，抓住那人的手臂，作出頭暈目眩的姿勢。

他受不了地打個冷顫，這小妖幹嘛這麼噁心……

「總之，你起了殺意就是不對。」

那小妖別開臉，一副受了天大冤枉的樣子。

那人無奈地搖了搖頭，似乎拿那妖沒有辦法。

他撇著嘴回過頭來，那人對他一揖到地。

「咦咦咦咦咦？你做什麼？」他嚇了一跳，連忙躲開。

「在下教子無方，今日裡傷了你，我代他向你道歉。」

「教子無方？」他撓了撓頭，不是很明白。

「父親，你幹嘛給這個死娃娃臉……」在那人的注目下，抗議聲越來越小。

「咦？這隻……傢伙是你兒子？」他硬生生地改了口。

「正是。」那人微笑，白衣翻飛，一派飄逸出塵：「正是劣子。」

「父親，我哪裡劣了？」那隻妖不甘心地小聲嘀咕。

「這、這、這這……」

這也太奇怪了吧！好，不可否認他們長得有點像……算是有七八分像好了！可是根本一個天一個地啊！一個像是世外的高人隱士，一個根本就是隻野性未馴的妖；一個看就知道是心地溫柔的善人，另一個的凶神惡煞就不用再舉例了。

「我看你雖然滿頭白髮，但年紀應該不大啊！怎麼會是這個……呃！怎麼會有這麼大的兒子？」

那人正要開口回答，卻被搶了先。

「關你什麼事？我父親是看上去年輕啊！不行嗎？」他挑釁地看著傻愣愣的娃娃臉，語氣中不無得意。

「惜夜。」那人輕聲喝道：「別這麼沒禮貌。」

「太奇怪了！」再怎麼說，這樣的人生出一隻妖怪來……

啊！有可能這個妖只是半妖，說不定他母親是妖，和這人相戀，然後生下了這個孩子。兩人最終人妖殊途，不能相守在一起，這人只能獨自帶著兒子隱居起來……也可能他的妻子已經……

真是好可憐的遭遇啊！

「父親，這娃娃臉是不是有毛病啊！」被他「水汪汪」的眼睛盯著，還不是普通地可怕！

「怎麼胡亂稱呼人家，至少應該稱呼一聲道長吧！」那人輕斥。

「道長？」臉皺到了一起：「聽起來像做法事騙錢的神棍。」

「惜夜。」

「好好！娃娃臉道長。」惜夜很用力地喊了一聲。

那人無奈地嘆了口氣：「道長，你不要見怪，小兒一向任性慣了，他其實沒有什麼惡意。對了，講了這麼久我們還沒有通報姓名呢！在下無名，這是小兒，名字叫做惜夜。」

「你太客氣了，不要叫我道長，我沒有皈依三清，這樣叫我挺彆扭的。」

他笑得很爽朗：「我叫蒼淚，你叫我蒼淚就好。」

「蒼穹有淚？」無名一愣：「這名字……真是悲涼……」

「有嗎？很奇怪嗎？」下雨而已，干悲涼什麼事？

「父親，還說別人呢，你的名字不也挺奇怪的？沒有名字……真是悲涼……」惜夜故意學著無名的口氣，把無名逗笑了。

「蒼淚，天色已晚，也不便行路，不如留在舍下過上一夜……好嗎？」

「好啊！」

他答應得這麼爽快，倒讓無名一愣。

不要臉！

惜夜拿口形罵他，他就裝作沒看見。

仙魔劫・無名

還真是個爽直的少年呢！有多少年沒見過這樣真性情的人了？

無名忍不住笑了起來，惜夜幾乎氣得吐血。

這死娃娃臉……

是夜。

蒼淚有點睡不著，翻來覆去，盡是想著那一對奇怪的父子。

想來想去，忍不住翻身坐了起來。

晃著晃著，就晃到了窗邊。

月到中天，灑了一地銀白。

窗前不遠，有一條小溪蜿蜒而過，溪邊有著一塊白色的大石。

石上站著一個人影，白衣勝雪，白髮如銀。

正看著，無名回過頭，對他一笑，又招了招手。

「你是不是覺得我們有點奇怪？」無名問。

他訕訕地摸了摸頭髮。

「你今日為何要追蹤惜夜？」無名又問。

「他身上有妖氣，最主要的，他身上有很濃的血腥味，那是殺生太多才會有的。」雖然不好意思，但他還是實話實說了：「我師父讓我出來收妖歷練，我才會想要動手除了他。」

「血腥？」無名憂愁地嘆了口氣：「沒想到，這麼久了，還是能察覺得出來。」

「沒有用的。」蒼淚搖頭：「那已經變成了殺戮印記，他很難脫得了嗜血的宿命了。」

「惜夜並不嗜血！」意識到自己反應太大，無名皺了下眉頭：「只是無心之失。」

「我看得出來，你很疼愛自己的兒子，可事實就是事實。他是妖，註定本性不善。」

「你不明白，惜夜他並不是一個嗜血的妖，本性也不壞。只是……」無名伸手接了一片風中的落花，放在掌心細細看著：「他其實……只是一個可憐的孩子……」

「你這是在護短。」他說完了有些後悔，這麼說的自己好像有點過分。

無名看他一眼，微笑：「惜夜並不是我的親子。」

蒼淚啊了一聲：「可是，你們長得很相像啊！」

「那是他後來重新施法術重生而成的。他說，要和我長得相似，才會更像親人。」無名露出笑，有些無奈：「有時候，他真的很固執。」

「怪不得……我怎麼看你也不像是妖！可是，為什麼你會……」

「三百年前，我在一片大澤中遇見了惜夜。」無名的臉上有著難過：「我一直在想，當時我要是沒有停下腳步，我和他到今天會變成什麼樣子呢？」

「三百年前？」蒼淚咋舌。

「他纏著叫我父親，我就答應了他。」無名將手中花瓣傾入溪流，任溪水沖走。「他的確曾經犯下殺生大錯，可這三百年來，他謹守對我立下的誓言，沒有再傷害過任何生命。」

「可他終究是妖……」

「佛祖都說，放下屠刀，立地成佛。惜夜現在已經明白，傷害別人是不應該的。這『寬恕』二字，佛祖應該也會認同了。」

「他今天不是還想要殺我。」蒼淚忍不住摸了摸自己的脖子，猶有餘悸。

「那是觸到了他的心結，而且就算我不出現，惜夜也不會真下手置你於死地的。」

「心結？」一隻妖也會有心結嗎？

無名沒有多說：「惜夜他曾經十分辛苦，所以我對他是縱容了些。可他本質是純善的，就如我所說，妖也不一定是沒有善意的。」

「其實他道行很高，我不一定能收得了他，你又為了什麼原因要跟我講這些？」這個無名的言行真是讓人琢磨不透。

「你今日又為什麼這麼爽快地信任了我，這麼沒有戒心？」

「直覺吧！我覺得你值得信任。」

「我也一樣，你讓我有一種熟悉的感覺，所以我和你說了這些。」

蒼淚咧嘴一笑。

「我更知道，你不是一個普通的術士。」

蒼淚眨眼睛：「何以見得？」

「前幾日，我占了一卦，卦象說：東方有異人來訪，現騰龍之象。」

「騰龍？異人？聽來倒是不錯，是大吉嘍？」

無名輕輕搖頭，銀髮散出三千光華。

「對我而言，那是大凶之兆。」無名苦笑著：「我命中與東方、騰龍等司水之詞呈死亡相生的異象。卦中所指，即是我大限將至的預兆。」

蒼淚一愣：「你是說，你就要死了？」

「生死由命，我也不是沒有死過。」無名轉過身來，和蒼淚對視：「我大略知道你的來歷，也知道你在尋找一樣很重要的東西。」

「你怎麼知道的？」蒼淚一反平時的不拘小節，眼睛裡有著震驚和試探。

「我卜卦還算準確。」無名淡淡地說，好像那並不是什麼重要的祕密。

「你怎麼可能會……」

「不用再算了，以你的修為，還不足以算出我的來歷。我跟惜夜的命數，都不在這個輪迴可計的範圍之內，你再怎麼算也都是徒勞。」

「那你又知不知道那……」

無名又搖了搖頭：「那還是個未知之數，我只能告訴你，我們跟你有莫大的牽繫，包括惜夜也是一樣。」

「那個妖？」蒼淚不可置信地低語。「他跟我會有什麼關係？」

「我不知道。對於天道而言，我的力量微不足道。」

「你究竟是誰？你知不知道，你剛才所說的話如果是真的，就是洩漏了天機給我？」

「你想信我就信，不信也就算了。什麼是天機？你又怎麼會知道不是上天借我的口說予你聽呢？」

「你說你大限將至，是因為我？」蒼淚有些不願意聽見答案。

「你忘了嗎？就算法力再高，跟自己有聯繫的未來也是沒有辦法推算預知的。」

「你不是說你和我命數相沖嗎？」

「是，卦象的確這樣說了。可我心裡十分確定，我雖然和你命裡衝突，但我絕不會因你而死。」

「為什麼？」

「就算我真的要死，這世上，也只有一個人能讓我為他而死。」

無名說這句話的時候是笑著的。

蒼淚卻覺得他是在哭。

花瓣落在銀色的髮上，無名的輪廓清秀而孤獨。蒼淚第一次覺得，這個叫做無名的白髮男子，有一種淒絕的，帶著輕愁的，遠遠超脫出這世間一切的……

「你，究竟是誰？」他喃喃問了，感覺被這一種淡雅的清麗奪去了神智。

「非鬼亦非仙，一曲桃花水。」

3

「娃娃臉道長。」

他有骨氣地把頭扭過一邊，決定不與「某妖」一般見識。

偏偏「某妖」不識相，硬把臉湊過來。

「我說，娃娃臉道長，你在這裡幹什麼呢？」他好奇地看著蒼淚在地上用大大小小的石頭排列出的圖案：「用石頭也能釣魚嗎？」

「我不是在釣魚。」為什麼差不多的長相，給人的感覺會差這麼多？

「那你是在練習法術？」惜夜招了招手，石塊都飄浮起來，開始在半空中旋轉。

「別來煩我！」他站了起來，不打算跟一隻妖糾纏不清。

惜夜無趣地翻了個白眼，石頭落到了地上，有一個離奇地落到了蒼淚的頭上。

蒼淚怒目而視。

「開個玩笑嘛！呿！本來還以為你滿有趣的，沒想到不過隔了一天，就像腦袋壞掉了一樣。」

「看你的道行，最多不過千年，無名為什麼說……」

「哦？說什麼了？」惜夜笑咪咪地追問。

「沒什麼。」蒼淚伸了個懶腰。

「不要說謊啊！」惜夜看來就像個小偷一樣，躡手躡腳地走過來：「娃娃臉，昨天晚上，你和無名都聊什麼了？」

蒼淚警惕地看他一眼。

「我沒有偷聽。」他舉手發誓：「我只看見你盯著我家父親的背影在流口水而已。」

「胡說！」蒼淚驀地耳根發熱：「什麼流口水？我……我只是……有點驚訝！對！是驚訝！」

「好好好！」他安慰似地拍拍蒼淚的頭，就像無名在敷衍他時一樣：「你是驚訝地盯著我家無名的背影流口水。」

有人額上青筋浮動。

「別生氣！對身體不好。」惜夜坐到一邊，脫掉靴子，把腳泡進溪水。「其實，你根本不用在意。不論是什麼人，見到無名的反應都差不多。他那種樣子可沒少給我惹麻煩。」

「他很特別。」他也不由走了過去，盤腿坐下：「我已經很久沒有這種感覺了。」

所認識的人裡，偏偏沒有這種虛無縹緲、宛如夢幻的人物。

似伸手可及，也遠在天涯。

「不論人仙妖魔，不論男女老少，幾乎每一個見到他的，都變著法想要親近他。」惜夜嘆了口氣，想起過去不堪的回憶：「有時候，我真不敢相信，這樣的他會是個『人』。」

「人？」蒼淚立刻反駁：「不可能！」

「什麼不可能？」惜夜嘲笑他：「那你覺得他是什麼！」

「我雖然不知道他究竟是什麼來歷，但，是人？」蒼淚搖頭：「那是絕不可能的。」

「為什麼不可能？」惜夜懶洋洋地用腳攪動著水面：「他的確和一般的人

不一樣，可那只是身體上的，他的心，一直是『人』才有的心。這一點，和你我都大不相同吧！」

蒼淚看看他，眼光有些奇怪，卻沒有言語。

「他說，他一直把自己作為『人』來看，所以，他教導我的，是怎麼做一個『人』。有七情六欲，雖不完美，卻依舊獨一無二。」

「雖不完美，卻獨一無二？」他看著惜夜，這個只是精怪之流的妖，居然想做一個真正意義上的「人」？「你難道不想得道成仙嗎？」

「仙？」惜夜的黑色紗衣下襬浸入了溪水，變得輕盈透明。「他說過，神仙其實很苦。」

「苦？」蒼淚的心一震。

「很苦！他說，如果想成仙，雖然可能花費很長的時間，終有一天可以成功。難的是，成了仙以後呢？對，神仙可以長生不老，神仙可以逍遙快活，自由自在。但幾千年，幾萬年之後呢？他只說了一句，我就打消了成仙的念頭。」

「他說了什麼？」

「他說：孤獨，最苦！」

「孤獨……最苦……」這句話，讓蒼淚一愣。

是巧合嗎？曾經也有人，日日夜夜地在他耳邊說著類似的話語。

神仙，在無名的眼中，竟只是孤獨的含意。

他，是不是曾經苦過？

他，又會不會是其中一則天地間早已失落的傳說？

而這個滿身血腥味的妖……

「你為什麼要叫做惜夜？是因為你喜歡穿黑色的衣服？」很少有妖會有名字，它們大多只用喜好或特徵來稱呼自己。

「是無名為我起的。他說，夜是孕育希望的所在，縱然是註定了屬於黑夜的，也一樣可以享有光明。惜夜，就是希望大家都珍惜我這個黑夜中的妖物。」

惜夜笑了，他笑起來和無名完全不同，幾乎是帶著張揚的肆意：「事實上我最不喜歡黑色。」

「不喜歡？」可是他身上穿的，一直是黑色的衣服不是嗎？

「對，不喜歡！」惜夜聳聳肩：「但我就是想和這種顏色待在一起。」

「我看是因為你腦袋有問題。」不喜歡又偏偏想穿，不就是不正常嗎？

「娃娃臉，你還是人嗎？」

「人？」蒼淚想了想：「現在還算是的。」

「那你覺得做人好嗎？」

「生老病死，悲歡離合，身不由己的時候太多，做人並不好。」蒼淚望著他：

「其實，做妖或許還自由一些。」

「可是，無名他並不是妖，也不是仙。」惜夜把腳收回來，下巴放到膝蓋上：

「我有很長的一段時間不明白，為什麼明明他能和我一樣擁有長久的生命，能去很多的地方，看見各種有趣的事物，卻不會像我一樣，因為這些而覺得開心滿足？」

「有些地方，妖反而比其他生靈來得單純。」那個無名，似乎背負著沉重的擔子，又像是超然於一切之外。要瞭解他，恐怕不是一件簡單的事情。

「我明白！」

他一回神，對上惜夜似笑非笑的臉，正望入一雙黑白分明的，如曜石一般的眼。

這個殺戮無數的妖，居然有一雙眩目至此的眼……

眩目到……像極了一個人……

「我明白他為什麼無法滿足。」惜夜把臉轉向溪流：「每次發作的時候，雖然痛苦不堪，但他一直都很平靜。可每次結束了以後，他反倒有些失望。我曾經聽見過，他說：為什麼還沒有結束？」

他學無名用那種失落的聲音淡淡地講來，其實是一件有些可笑的事。但聽在蒼淚耳裡，卻彷彿聽見了那個淡然的無名用一絲惆悵在講述著……

「他厭世嗎？」也不奇怪，他看起來和死了差不了多少。

雖然他能說會動，可是像一抹自幽冥而來的孤魂，多過像一個活生生的生命，而且奇怪的是……

「他既然厭世，又為什麼辛苦地活著呢？」

「他太複雜了，像人一樣。我終究是妖，又怎麼會懂？」

——我若要死，這世上，只有一個人能讓我為他而死。

惜夜在說的那一刻，蒼淚的腦海中浮現出了這樣的字句。

那是昨夜，無名站在這個地方對他所講的。

「發作？你剛才講的發作又是什麼意思？」

「他說，那是……宿病……」

「宿疾？」無名有病？「是什麼樣的宿疾？」

「是宿疾啊！」好像是這麼說的沒錯。「我不大清楚，反正就是每個月圓的那天晚上，他會一個人去到後山的山洞那裡，到第二天的正午才會回來。回來的時候整個人就像去了半條性命一樣，至少要躺五、六天才能起來活動。」

「就這些？」聽上去很奇怪。

惜夜點頭：「是啊！他不讓我靠近後山的山洞。」

「他讓你別去你就不去了？」這個妖……頭腦不正常吧！

「對啊！我發過毒誓不能靠近，一旦有違誓約，那個盤古什麼的就不……還給我了。」他有些語焉不詳，含含糊糊一帶而過。

不過蒼淚在乎的當然不是這個：「什麼，你說什麼盤古？」

「我曾在無名面前發誓，要是靠近了後山，那麼盤古聖君就不會庇祐我找到我最重要的東西了。」惜夜說的時候，帶著自嘲。

聖君盤古？無名居然讓惜夜以聖君盤古之名起誓？

這……很不一般……

「今夜不就是月圓？」他算了算，今夜正是十五。

「對啊！」

月圓乃是天地間陰氣最盛的時刻。

今夜十五……十五……

糟了！

「不好！」蒼淚跳了起來。

「幹嘛！」惜夜差點嚇翻到溪水裡去。「娃娃臉你發什麼瘋！」

「師父讓我在月圓之夜趕回去。」如果昨天沒有追蹤這隻妖當然沒問題，

可是現在……

「如果回不去會怎麼樣？」娃娃臉有點緊張喲！有趣！「你師父還會殺了你不成？」

「殺？那倒不至於，不過……」他忍不住打了個冷顫：「如果要我選，殺了倒還好些……」

「是嗎？」娃娃臉看上去臉色不太好啊！「你真可憐！無名就從來不會發火罵人。」

「發火？如果他會罵人……唉！算了，我跟你講這些幹什麼？」蒼淚拍了拍自己的額頭：「我一定是和妖怪講太多話講傻掉了。」

「你在說什麼？」嘀嘀咕咕的。

「我得給師父傳個訊息。」何況，在沒有徹底弄清隱藏在這座山谷裡的祕密之前，他也不能離開。

「你師父也要來？」

「不會！」要是他來了，這個妖哪有活命的道理？師父生平最厭惡的，就是這種血腥濃濁的妖物。

「你師父也是個道士嗎？」

「什麼叫『也』？我又不是道士，我師父當然也不是道士。」

「咦？你真不是道士？那跟我打的時候幹嘛要說道士收妖的用詞？」

「那是因為……」一回神，發現自己不知不覺開始被牽著鼻子走了。「我為什麼要回答這麼無聊的問題？」

「因為我很無聊啊！」惜夜白了他一眼，一副百無聊賴的樣子：「無名身體一直不好，這種大晴天大多不出屋子，我很久沒有跟人在大太陽底下聊過天了。」

「無名他……連日光也不能過於接觸？」

「娃娃臉，我發現你滿聰明的嘛！」惜夜擺出孺子可教的表情：「只有在

仙魔劫 無名

清晨或者黃昏的時候，他才會出來走動走動。」

「你為什麼老叫我娃娃臉？你這死妖怪！」是可忍，孰不可忍！

「你心裡不一樣老叫我妖怪妖怪的？」惜夜笑咪咪地反問。

蒼淚嘴角抽搐著，卻沒有話可以反駁。

惜夜站了起來，風吹落了滿身的花瓣，他突然有了興致。

「無名！彈首曲子吧！」他大聲一喊，嚇了蒼淚一跳。

好……沒氣質……

一定是太陽太毒了，剛才那一瞬之間，才會以為他有種特別的……

屋中傳來調弦之聲，想來是無名。

蒼淚坐了下來，側耳聽著。

音調由低而高。

曲調古拙平和，卻有如春風化雨，浮動人心。

惜夜顯然很熟悉這首曲子，隨著曲調輕輕哼著。
屋裡傳來人聲，仔細分辨，是無名和著琴音在吟頌。

昔日愛撩簾，望見世人總笑痴。
今時卻望天，雲過摟頭拂行衣。
憶往昔，瑤林前，金帶玉靴龍鱗衣。
嘆今朝，紅塵裡，輾轉零落無憑依。
我心終有悔，當年誰言相思易。

無名吟的，似乎反反覆覆就是這麼幾句。
蒼淚也反反覆覆地聽著。
無名的聲音空曠淡漠，更使人覺得悽惶，聽得蒼淚也心中哀戚起來。

仙魔劫 無名

這樣溫暖的陽光下，這樣平和的曲子，他也能奏得這麼悽惶？

他的心裡，一定有著痛苦。

而這個閉著眼睛，在山溪邊悠閒聽著曲子的惜夜，又為什麼要在笑容裡摻雜無奈？難道，連這樣單純而缺乏情感的生物，也會懂得傷心的含意？

這天夜裡，蒼淚還是沒有留下來。

「你不是說，不急著回去了嗎？」惜夜問他。

「師父可能有些事，我還是趕過去看看好了。」蒼淚望著手心裡用來報訊的紙鶴被燒燬了一半，心裡倒真有些訝異。

「你師父出事了？」

「當然不可能！」這世上有誰能傷得了他？除非……「我只是擔心師父因為我不回去而怪罪。」

惜夜看了看他，撇了撇嘴：「那你等一下。」

說完，返身回屋裡去了。

「這個給你。」不一刻，他就出來了，順手塞了幾張紙到蒼淚手裡：「無名特地交代我，你走的時候，把這個給你。」

「這是……」蒼淚低頭一看，驚呼：「神遁返？」

遁返是法術中最粗淺的一種，是所有修行之人必須修煉的一種入門技巧。但神遁返不同，是少有人知曉的祕傳之術，會用的人更是寥寥無幾。何況這以朱砂寫在金色符紙上的，明明是上古時的神用之文。

如果他沒有看錯，這種以古老咒文驅動的，是神遁返也難以相比的遁返奇術。而現在還懂這些上古咒文的……

「算你識貨。」惜夜得意洋洋地笑著，一派囂張。

「這些，是無名寫的？」墨跡猶新，像是寫好不久。

「你以為我會懂這些歪七扭八的怪字？」光用看的就夠讓人頭痛了。
的確，用腳趾頭想那也是絕不可能的事！
「無名人呢？」要是開口問他，他會怎麼回答？
「這個時候？」惜夜示意他抬頭看看時辰：「他已經去後山了。」
「我會回來的。」
「不回來也無所謂。」那是什麼表情？有人要求他回來了嗎？
「我會盡快趕回來。」
「用那個的話不快也很難。」惜夜翻白眼給他看：「對了，還有一張是『天魔障』，那個你可不要亂用。我上次一個不小心，足足有半年看不見東西。」
那是因為你是個傻瓜！
不過，「天魔障」？那個無名居然連這種天魔六道中的迷障之術都懂得使用？

「怎麼？我家父親很厲害有什麼好奇怪的？」惜夜不滿地看著他。

蒼淚回他一個微笑。

當然……很奇怪啊！

4

咚咚！咚咚咚！

敲門？

半夜有人敲門？

惜夜呻吟一聲，翻了身，用被子蒙住頭。

那人看來耐性十足，咚咚咚咚地敲個不停。

「該死的！哪裡來的……」他頭暈腦脹地從床榻上爬起來，跌跌撞撞地捱到門邊。

「我說，哪個白痴！你知道現在……」

「我知道！」門外的人粗魯地打斷了他。

他眨了眨眼睛：「娃娃臉，你看起來挺糟糕的。」

「你也好不到哪裡去！」披頭散髮，有礙觀瞻。

「你回來得挺快啊！」

「想不快也很難。」

「你……」

「夠了吧！你想和我在門口磨蹭到天亮啊！」

「你帶什麼來了？」

「這是我師父，他可能受了傷。」

「喔！」惜夜點點頭，表示聽見了。

「能讓我們進去嗎？」

「我父親不在家。」

蒼淚閉了閉眼睛，忍住怒氣：「讓我們進去。」

「我父親很不喜歡死人。」

「惜夜！」

「好吧！不讓你們進來他會更不高興。」

他終於讓開路，讓他們可以進入。

蒼淚汗水淋漓地把師父扶到床上躺好，自己也體力不支地坐倒在床邊。

「娃娃臉，真是沒想到啊！」惜夜趴到了床沿，目瞪口呆：「你的這個『師父』好漂亮！」

榻上躺著的那一個，白衣勝雪，五官冷峻，髮色烏黑光亮，有如上好的絲緞一般披散在枕頭上。

縱然昏睡著，那種清冽的樣貌也實在令人驚嘆。

「漂亮？你腦袋壞了啊！」

「你師父的長相是我見過最好看的了。」惜夜下了個定義：「簡直就是紅顏禍水。」

「好看？長得很好看是吧！」等他醒過來，你就知道他的臉有多「好看」了。禍水？我保證你沒見識過這種的。

「真漂亮的頭髮。」惜夜忍不住摸了摸那看上去十分柔順光澤的黑髮。

他在幹什麼？居然在占我師父的便宜？

蒼淚看得傻愣愣的，一時連喝止他都忘了。

「他是怎麼了？受了傷嗎？」看上去不像受了傷，臉色也很正常。

「我也不清楚，他那時正和人鬥法，我想可能是受了法術的影響或者是耗盡了力量吧！」不知為什麼說倒就倒了，害他一路辛辛苦苦，險象環生，直到用了無名的「天魔障」以及「神遁返」才甩開了那個死對頭。

「你還真是沒用，居然讓這麼美的人和人家打架。」

「你在說什麼啊？」蒼淚覺得可笑，當是在說笑話啊！

「沒用的娃娃臉！」惜夜存心地朝他齜牙一笑。

「你還摸？小心手爛掉！」揩油揩上癮了？居然摸到臉上去了？

「娃娃臉，我現在突然覺得你師父有點眼熟，好像在哪裡見過……」

「不可能。」

但凡見過師父的妖魔鬼怪之流，早就無一例外魂飛魄散了。

「別說我沒警告過你，我師父最討厭的就是帶著血腥的妖物。你最好在他醒來之前就離得遠遠的，否則恐怕誰也救不了你的小命。」

「有這麼嚴重？」惜夜的臉上寫著「我不相信」。

不信就算了，看你怎麼死！

仙魔劫

無名

他皺了一下眉，睜開了眼睛。

青色竹舍，乾淨整潔，白紗及地，陽光從窗櫺中穿透而入。

他用力閉了下眼睛，才又睜開。

這裡……

「師父，你醒啦！」下一刻，視線中出現了一張大大的臉，眉清目秀，笑起來右頰有一個深深的酒窩。

他雙眉一擰。

「師父？」該不會自己眼睛還是受了天魔障的影響？師父……怎麼會有第二種表情……

他的神情一冷，再無半點茫然神色。

「師父你沒事了？」還好還好，萬一師父有事，那可就慘了！「沒事就好了！」

他坐起身來，冷冷地瞪著那張笑咪咪的娃娃臉。

「你，是誰？」他的聲音寒得徹骨。

「誰？師……師父，你說什麼呀？」師父的語氣很正常沒錯，可這話……

「龍氣？」他眉一抬，盯著眼前越笑越僵硬的娃娃臉：「你究竟是什麼來歷？」

壞了！那人好厲害的法術，居然讓師父……

「說！」他冷冷一喝。

「師父……」怎麼會這樣？師父的腦子……

二人正僵持不下……

「娃娃臉，美人師父醒了啊！」門口的方向傳來聲音。

蒼淚的臉色越發難看。

死妖怪！早不來，晚不來，偏偏挑這種狀態不明的時候進來，不是找死來了嗎？

轉過頭，果然看到一身黑衣的惜夜靠在門邊，神清氣爽，還微微帶著笑意。

就在他以為這個妖怪八成要就此完蛋的時候，卻見到同時轉過頭去的師父，在這一瞬之間眼中寒意盡褪。

非但如此，他還在笑，眼中滿是迷離的喜悅，嘴裡輕輕地喊了一聲：「無瑕。」

師父在笑！在笑……在……笑……這是個惡夢！惡夢！

娃娃臉的師父笑起來真是……真是傾國傾城！

惜夜尚在震驚之中，眼前突然一花，被擁入了一個白色的懷抱。

「無瑕！」那低語，似嘆息，似呼喚。

這聲音……不知為什麼……讓人的胸口一緊……

「師父……這玩玩笑，一點點都不不好笑。」好可怕！好可怕！不要嚇我啊！師父！

嗚嗚嗚嗚！誰來救救他！他好害怕！

惜夜默默地站著，他知道應該推開這個「師父」的，可是……這個懷抱……好溫柔……溫柔得讓人不忍推開……

可還沒有等他回過神來，便覺得有一股大力將自己甩開，還撞到了屋外迴廊的欄杆上。

蒼淚十分確定自己的眼珠子已經掉出來了。

師父先是親親熱熱地一把抱住了那個死妖怪，然後在下一刻，再用力地扔了出去。這是什麼？一種新的法術嗎？

「妖？」他手一探，已掐住了惜夜看來十分纖細的頸項：「你好大的膽子！」

開什麼玩笑？明明是他自己又抱又扔的，最後還用這麼恐怖的樣子掐別人的脖子，過分的是他吧！

可是……這真的是剛才笑得那麼溫柔的人嗎？他現在……有點可怕，不但講話冷冰冰的，連那張美麗的臉也突然結上了一層冰霜，令人……不寒而慄……不寒而慄到簡直讓人討厭的地步！

「師父，你千萬手下留情啊！」眼看那死妖怪出氣多入氣少，蒼淚多少有些緊張起來。

死妖怪雖說已經有千年的道行，可在師父眼裡和螞蟻沒有兩樣，能撐上片刻就該偷笑了。萬一師父一怒之下痛下殺手，自己該怎麼跟無名交代啊？

「說，為什麼扮成無瑕的樣子？」他烏黑的眼眸含著肅殺之氣，冷峻的臉上顯露猙獰：「無瑕呢？我的無瑕呢？」

別說是惜夜嚇得面無血色，就連蒼淚，也驚嚇到說不出話來了。

這個惡狠狠地掐著別人脖子、神情狂亂的人，真的是他那個冷淡、無情、天塌下來也視若無睹的師父嗎？

「不說嗎？好！」他冷冷一笑，帶著殘忍：「那我就先毀了你的肉身，把你的魂魄揪出來好好拷問，我就不信你不說！」

蒼淚倒抽了一口涼氣。

惜夜終於意識倒自己的一隻腳已經踩到了棺材裡面，飽受驚嚇之後開始會叫了：「不要啊！我還如花似玉，我還不要死啦！死娃娃臉，你沒義氣！父親！你快來救我啊！你的獨子就快完了！父親！」

如果不是形勢真的很嚴峻，蒼淚真的會笑出來。

可他這一番胡言亂語，大叫大嚷，顯然激怒了某個「殺妖凶手」。死妖怪臉都青了，完了完了！要是真的殺了可……

「你們在做什麼？」

糟了！說曹操，曹操到。

「無名，你來啦！」蒼淚搶上一步，試圖擋住現場：「你不是不舒服嗎？為什麼不在屋裡歇著？」

「我好像聽見……」無名朝他身後一望，臉色大變：「你在幹什麼？快放手！」

「無名！」蒼淚無語問天：「這是個誤會！誤會！」

騙鬼啊！連他自己都不信這會是什麼誤會。

「救……我……」那邊已經是垂死掙扎了。

「放開他！」無名手一揚，指尖中夾了一張符紙，向來溫和的臉也冷了下來：「否則，不管你是誰，別怪我不客氣了。」

「無名！你……我……師父……你們……」

蒼淚費力想要解釋，卻不知該怎麼個解釋法，他自己到現在還不知發生了什麼事，怎麼還能解釋給別人聽？

就在他慌張無措的時候，卻看到那符紙從無名的指間滑落，落到了地上。

無名怎麼了？他的表情……

蒼淚順著無名的視線向後望去，發現他直直盯著的人，的確是自己的師父沒錯。

無名只覺一陣目眩，扶住身側的廊柱，看著眼前那個皎如明月的身影，胸口傳來一陣陣酸澀痛楚。

「寒華。」那聲音幽幽響起，似是從極遠之地傳來。

「無名，原來你認識我師父啊！」無名所喊的，不正是師父的名諱？「奇怪，那我怎麼不認識你？」

「砰」的一聲，嚇得他又轉回頭去。

惜夜被扔到了一邊，正大口大口地喘著氣。

「師父……」師父把死妖怪放開了，那就好了。「師……」

仙魔劫 無名

寒華回過頭來，看向站在長廊盡頭的那人……

陽光下，風吹落的花瓣正停留在削薄的肩上，那個纖細瘦弱的身影似乎更像是個幻影。

蒼白的膚色、清秀的五官，含著淡淡愁意……

「無瑕……」他顫抖著嘴唇，語氣中滿是驚惶：「無瑕，可真的是你？」

無名聽到這一句，看見那張陌生又熟悉的容貌，更驚人的是這三百年來，夜夜入夢的那雙眼……

一種巨大的恐懼洶湧而來，他急忙側轉身子，掩藏住自己的容貌，慌亂地說著：「不是！」

說完，轉身就想跑開，不想轉得太急，一個踉蹌往地上跌去。

下一刻，卻毫不意外地落入了一個寬闊的懷抱。

又是這樣，上天啊上天！你究竟要怎樣地折磨我啊？

他的懷抱，多少年了，經過多少年了？終是逃不開他，終是……眷戀於他的懷抱！

「無瑕……你為什麼說不是……」寒華的聲音裡充滿了慌亂：「你剛才不是在喊我嗎？你抬起頭來啊！無瑕，你不要嚇我！」

他抬起頭，看著那張寫滿深深愛戀的俊美容顏。胸口狠狠地疼痛著，那原以為早就死去的心，痛得令人窒息。

寒華在笑，帶著惶恐，帶著不安。

「無瑕。」

不，不要，不要再這麼喊他的名字，不要再用這種語氣喊他的名字了。那會讓他以為那是……那是出自真心的……

「不！已經夠了，寒華！」他猛地一推，推開那會令人痛苦的目光與聲音。

寒華猝不及防，向後踉蹌了兩步。

無名整個人瑟縮到廊柱邊，雙手環抱著自己，聲音充滿了絕望：「夠了，寒華！你究竟要幹什麼？為什麼你就不放過我呢？你知不知道，我有多苦，我有多痛！我痛了這麼久，在我以為自己就要習慣的時候，你又出現了。我只是個凡人，你以為我能夠承受多少？你究竟，究竟想要逼我到什麼地步？」

「你說什麼？無瑕，我聽不懂你在說什麼！」寒華強忍著焦急，手向前伸出，又強忍著收了回來。

「不懂？我又何嘗會懂？我又何曾想過，這『相思』二字，竟是如此地讓人痛入骨髓？」無名閉目長嘆，眉宇間濃愁深鎖：「年華過往，物是人非，我早就已經面目全非，不再是當年的連無瑕了。」

「面目……全非……」他一見著無名，就欣喜若狂，不顧其他，直到現在，他這才發現……

「無瑕！」他一個箭步衝到無名面前，半跪著，用手撩起一絡銀得刺眼的長髮，不敢相信：「無瑕，你的頭髮……怎麼會這樣……怎麼會……」

「不錯，一夜之間，就成了這個樣子。」無名自嘲地笑著：「別時尚年少，再見已白頭。寒華，你我之間，就像這白髮一樣，再不是我滿頭黑髮時的樣子了。你也不要再這樣，突然地以這副……這副面貌出現在我的面前，徒然擾亂了我的心！」

「你說什麼？」寒華踉蹌後退，面色慘白：「我還是不明白。無瑕，為什麼？為什麼我一覺醒來，會變成這樣？你不是說你願以生死許我？你不是還說，要等我醒過來的。可我醒來了，你卻說……卻說什麼逼你，說什麼不要再出現？你知不知道……對我來說，你比誰都要重要？你這麼說，豈不是要我去死？」

蒼淚扶著惜夜，站在一旁，從開始看到現在。

可是說實話，他從頭到尾，根本就跟不上事情的發展。

詭異！真是太詭異了！這……匪夷所思！匪夷所思啊！

再看看那死妖怪，一樣是瞪大了眼睛，看得傻掉了。

要是現在有人告訴他，眼前的這個人只是和他師父長相相同的人，他一定會開心地大聲哭出來。

可是，這個明顯就是他師父嘛！

這場面……也太荒誕了吧！

「等等！」無名突然抬起了頭：「你剛才在說，說你一覺醒來？」

「我還以為……你終於接受了我的情意。你允諾過的，你答應過我，等我醒來之前你哪裡都不會去的！」寒華一手扶著自己的頭，神情顯得混亂。

「原來……你竟是睡了一覺，這一覺……」如果是像他所猜想的那樣，那……簡直是太荒唐了，這算什麼……只是一覺？

「怎麼了，有什麼不對嗎？」敏銳如寒華，立刻發現了無名言語中的奇怪之處。

無名並沒有立刻回答，只是靜靜地看著寒華。

「寒華。」他伸出手，立刻被握住了。

總是這樣，只要他伸手，寒華就會緊緊地握住，就像握住了最珍愛的東西，絕不會再放手。這樣的寒華……他又怎能捨棄這樣的寒華？

「寒華，你聽我說。」他另一隻手輕撫過那熟悉的眉目，最後停在寒華烏黑有如絲緞的鬢邊。「沒有發生過任何事，只是你睡了好久，我有點生氣了，我等得太久，所以……有點生氣了。」

「真的嗎？我睡了很久嗎？」寒華慌張地說著：「我不知道，我不是故意的。無瑕，我……」

「算了！我脾氣不好，你是知道的。」無名笑了，那乍有的微笑，讓寒華看得痴了。「其實也不是很久，只是我的心裡很急，時時刻刻盼望著你能這樣看著我。我只是在賭氣，看見你這麼緊張我，我很高興。」

「無瑕。」寒華呼了好大的一口氣出來，一把將無名擁到自己懷裡：「你嚇了我一大跳！」

「是啊！我從來沒有這樣對待過你，我性子最近急躁了許多。你不會生氣的，是嗎？」無名偎到他的懷中，聽著他幾近急促的心跳，嘴角不由地往上揚起。

「我怎麼會生你的氣呢？我不會生氣的，無瑕。」他心痛地用手掠過無名披散著的銀髮：「都是我不好，無瑕，讓你的頭髮變成了這個樣子。如果早知道會變成這樣，我一定會早一點醒過來的。」

無名閉上了眼睛，笑著搖了搖頭：「沒關係的，只要你回來了，哪怕……等再久也沒有關係。」

寒華也笑了，用力把他摟得更緊。

5

稍後，在大廳裡，蒼淚和惜夜正在大眼瞪小眼。

寒華白衣飄飄地走了進來，連空氣也為之一冷。

「師父。」蒼淚咽了口口水，戰戰兢兢地叫了一聲。

惜夜像是被剛才發生的事嚇到了，獨自坐在角落，默默地看著這個一眨眼又變得面無表情的男人。

寒華也不答話，只是冷冷地盯著蒼淚。

仙魔劫

無名

盯啊盯的，盯得蒼淚全身發麻，手腳發冷，口乾舌燥……

救命！師父以前也是冷眼看人，但不是只用目光就能把人凍死的這種啊！

「你稱呼我什麼？」寒華終於開了口。

「師父，一直是這樣稱呼的。」他腳跟合攏，肅立站直。

「有多少年了？」寒華又問。

「十九年了。」

「你是龍族，也就是紅綃生的龍子？」他的面色凝重起來。「你既然可以成形，想必『他』也已經死了。」

沒人注意到，聽到這句話的時候，角落中的惜夜愕然地抬起了頭。

「大致是這樣。」蒼淚不禁心中暗自驚訝，師父雖然似乎有失常態，但縝密與敏銳依舊如常。

「那麼，少說也有二十年了？」寒華的臉上閃過一絲憂色。

「師父，無名他……」

「無名？」他眉一抬：「誰准你這麼叫他的？」

「那……」不叫無名叫什麼？師母嗎？「不知我該怎麼稱呼才好？」

「不必了！」言下之意是不需要他和無名講話。

「是，徒兒知道了。」還好不是要他叫師母。

然後，寒華的目光放到了角落裡那道黑影身上。

「師父，那是……呃，那位的養子。」蒼淚連忙解釋：「雖然他是妖，可是不殺生很久了，那位十分維護他的。」

此言一出，沒想到寒華臉色更冷。

糟糕！是說錯什麼了嗎？

「不是二十年。」那個角落裡一直安靜坐著的黑影突然出了聲。

「師父！」蒼淚有點著急，這傻妖怪，不主動消失還坐在這裡做什麼？

「走開！」寒華一個甩袖，把蒼淚掃出去很遠。下一刻，他已站到了惜夜的面前：「那究竟是多久？」

「三百年了。」惜夜抬起眼睛，看向這個冷漠到極點的男子，神情倒是分外鎮定：「他獨自一人等著你，至少有足足三百年了。」

寒華一愣，喃喃重複著：「三百年，竟有三百年了。」

那冷厲的形貌霎時被無法抑制的痛苦替代。

「無瑕，竟等了三百年？」他坐倒在竹椅上。

「還不止這個。」惜夜站了起來，望著他，眼裡有絲空洞：「你是不是有一把很特別的劍？」

寒華也望著他，然後點了點頭。

「那把劍，很好看是嗎？」

寒華疑惑地看著他，然後手指凌空曲張，一團寒氣凝聚，待寒霧散盡之時，一把晶瑩恍似寒冰的長劍出現在他手中。

惜夜看看那劍，又望望他，說：「如果現在我殺得了你，倒是很想這麼做！」

「為什麼？」寒華突然有種不好的預感。

「因為……」他肖似無名的臉上浮現一抹陰冷，讓寒華皺起了眉頭：「因為就是你，三百年前用你手上這把劍，一劍刺穿了無名的心。我說的是真真實實的傷口，從他的前胸心口的位置直透背後，穿過了他的心。」

「叮——」

長劍敲擊地面發出綿長清脆的回聲。

「不，這不可能！」寒華反駁，卻顯得支離破碎：「我怎麼可能殺了無瑕？哪怕他受一丁點傷害，我就會心痛得要死！我怎麼可能刺……劍，不可能……我絕不會傷無瑕的，用我的手……我怎麼會做出那種事……」

「你的劍很特別。」惜夜走了過來：「那個傷口直到三百年後的今天依舊沒有消失，是真是假，你自己去看看不就行了？」

「死妖怪！你亂講什麼？」蒼淚聽得心驚肉跳：「別胡說！」

雖然他也不清楚到底怎麼回事，但看剛才發生的事情，師父與無名之間肯定並不簡單。而且面對無名就完全變了個人的師父，怎麼可能會動手傷他？這妖怪胡扯瞎扯的，萬一惹怒了師父，可不是形神俱滅那麼簡單。

「我為什麼要撒謊？」惜夜嗤之以鼻。

「師父……你沒事吧？」看見寒華那個樣子，蒼淚覺得很害怕。

哪怕是同最可怕的敵人對陣，他也不曾見過自己的師父出現一絲一毫的動搖。可這會兒三言兩語下來，師父的樣子實在不大對勁。

「是我嗎？用這雙手……」寒華看著自己的雙手，也看著地上那柄寒光閃閃的長劍。

「師父，不可能，你不會那麼做的。你對無名用情至深，怎麼可能會那麼做呢！」

「你不明白。」寒華搖頭，神情麻木。

聽了這話，蒼淚一愣：「難道說，真的是……」

寒華笑了一笑，卻笑得極苦。

他彎腰撿起了地上的劍：「這劍伴了我千萬年，我用它斬殺了無數的敵人，可沒想到，最後居然用它……刺傷了無瑕。」

「師父！」覺得他神態不大對勁，蒼淚很是憂心。

「凝冰神劍！凝冰神劍！」寒華一手握住劍尖，輕輕一折……

錚！

有如發出悲鳴，那薄如蟬翼的劍身應聲而斷。

寒華隨手一扔，擲到地上。

蒼淚看著，不敢相信自己的眼睛。

凝冰神劍可是師父的隨身之物。據說還是蚩尤之戰時，為了抵禦祝融的火術，師父冒著極大的凶險赴極北之地，潛入無底冰湖，自萬丈深處取得寒冰精魄煉製而成。可以說除了誅神法器，正是世間再無媲美的異寶。

而現在，師父把他一向不離身畔的寶劍親手折斷，扔到了地上？

「師父，這是你……」

寒華不言不語，愣愣坐著。

「這把劍怎麼能和無名相比？不過就是一把破劍而已。」惜夜一副唯恐天下不亂的表情。

「住嘴！你知不知道這把劍……」還敢在旁邊煽風點火！

「不錯。」寒華吶吶地開了口：「這把破劍怎麼能和無瑕相比？」

師父，怕是瘋了！

「所以，你還是離我父親遠一點，要是你哪一天又發起瘋來傷了他，又該怎麼辦啊？」

「遠離……無瑕……」他的手一抓，緊緊抓住了自己的衣衫下襬。

「不錯，最好現在就走。」惜夜皺著眉頭，一臉不耐。

「走？」寒華遠遠望向無名正在沉睡的房間。

「師父，你情緒太激動了。不如，我們改日再……」話尾被一道冰冷的目光嚇了回來。

「我沒有問你。」這紅綃不知從何而來的兒子，還真是讓人心生煩躁。

「對不起，師父。」蒼淚垂手站到一旁。

寒華眼一抬，下個瞬間已經站到惜夜的面前，驚得他坐倒在身後的椅子裡。

「要不是我答應了無瑕，你此刻絕不會有機會說這些話。」他冰冷地盯著這個他從方才起就想除之而後快的妖物。

惜夜咽了口口水，再一次體會到現在的自己，連被寒華當做對手的資格都沒有。他的心中惱火之極，卻一時之間不知該如何將這些人驅趕離開。

這些人……總會帶來不幸……

在自己沒有任何力量的現在，對這些不幸，一點抵禦的能力都沒有……

「如果有那麼一天，我一定會先殺了自己。」寒華轉身往門外走去，他才不在乎面前這隻妖物的所思所想，他現在要去看看無瑕，他已經離開得太久。

「我絕不會再給自己任何的機會傷到無瑕了。」

暮色中，看不清寒華的表情。

情愛，究竟是怎生的模樣？

改變天生註定的性情？

放棄對任何事物的執著？

還是……剜了別人的心？

「惜夜，你怎麼了？」蒼淚望著他不太對勁的表情問道：「你不舒服？」

「蒼淚，情愛是什麼呢？」惜夜看著寒華離去的背影，眉目間一片凝重與憂鬱。

「就人類的演算法，我不過才活了二十年，什麼情情愛愛，我哪裡會懂？」

蒼淚搖搖頭。

「我討厭那樣，非常非常地討厭！」惜夜站了起來，一向看似活躍的生氣突然從他身上消失殆盡了。「這世間於你我到底有什麼意義？到最後我們能夠走到哪裡？就算能夠成功又能夠拖延多久的時間……」

「你在說什麼？」蒼淚根本就聽不懂。

「難道……一定要玉石俱焚了，才可以離開這些……」

「你沒事吧！」好像……最近他附近的人都不太正常。「惜夜！」

「啊！」一推之下，惜夜手一抖，像是突然回了魂：「怎麼了？」

「是你怎麼了？」

「我？我哪有什麼？娃娃臉，你最近也不太正常嘛！討厭——你們這些人

仙魔劫 無名

怎麼都這樣啊！」邊說，惜夜邊撇著嘴走出去了：「害我的頭一直都好痛！」

被獨自留下的蒼淚簡直欲哭無淚。

他解開白色的衣襟，然後是中衣，最後是裡衣。

蒼白的肌膚異常地平滑光潔，可就在左心之處有一道疤痕。那疤痕細狹，表面看來並不是什麼嚴重的創傷，只是顏色深紅，顯得極為猙獰，宛如不久之前剛剛痊癒的新創。

這傷口的形狀，傷痕的樣子，他都很熟悉。

不知道已經看過多少次這種傷痕，他早就無動於衷了。

可是，只有這一次，他看得驚心動魄，看得神魂皆傷。

一隻纖細的手掌撫上他失魂落魄的臉龐。

「寒華，你怎麼了？」那雙眼睛終於睜了開來，帶著溫和的暖意看向他。

「無瑕。」他半跪到了床邊，俯首到那一片雪白銀髮之中，近乎無聲地低語：「對不起！對不起！」

側過頭，寒華烏黑中帶著微微幽藍色澤的長髮垂落到了他的頰邊。那麼靠近，近到他聞到了從寒華身上散發出來的淡淡冰雪氣味。

「沒有什麼對不起的。」他把臉更加偎近寒華耳邊：「我不喜歡你道歉的樣子。」

「是我刺傷了你，是我那麼做的。」寒華的手撫過那道傷痕。

「你在發抖？」他抓住寒華的手，按到自己的傷口上：「我知道你不是真的想要傷害我，所以，不要再道歉了。」

「我發抖是因為我在害怕。我怕，萬一有一天，我再次成了那個樣子，我會傷了你，再傷你一次。上次是因為你身體裡有冽水神珠，可再一次的話，我很害怕……」

無名的臉色微微變化，隨即卻又開始微笑：「是啊！所以不要害怕，我還活著，不是嗎？哪怕你對我做任何事，我也不會怨怪你的。」

「我不能原諒自己！那隻妖說得很對，我應該離你遠一點，可是我做不到，我無法忍受離開你。明知你就在這麼近的距離卻要我離開，我做不到！」

「你一定嚇到惜夜了！寒華啊，你還真是一點也沒變。」他用指尖挑起一絡寒華的長髮：「但他的確說得不對，你不應該離開。在經過了這麼漫長的歲月之後，如果你只見了我一面就轉身離開，我一定不會原諒你的，絕對不會！」

「三百年了，無瑕，我們分開竟然已經有三百年了嗎？你這三百年就是獨自一人活過來的？我怎麼會讓這樣的事發生呢？」

「只是三百年，如果你擔心的是時間，那麼我可以說，我一直生活得很好。只要想到你還和我同樣生存在這天地之間，我就會覺得，活著是一件美好的事情。」

「無瑕，你為什麼要這麼說？你知道我有多害怕再發生三百年前的那種事？」

「其實你根本不必自責，那一劍雖然是你刺的，但是，那是源於我的請求。」

「什麼？」寒華猛地抬起頭來，驚駭地問：「為什麼？你為什麼要那麼做？」

「我答應過你，我的生死只能由你來決定。不過，那個時候，雖然我沒有承認，但我真的被你的漠然無視傷得很深，所以，我失去了理智。你既然親手抹殺了一切，又何必再留下我呢？」

「你……為什麼要……」

「是因為絕望而失了活下去的勇氣吧！我覺得，自己終於成了一個夢中的人物，生活在你所做的夢中，你那樣突然地驚醒，我已經沒有繼續存在的理由。所以，該說對不起的，其實應該是我。」

寒華說不出話來，只是痛苦地看著他。

「我一直就是這樣，始終讓你為我憂心。我很高興現在還能活著見到你，所以，不要互相道歉了，難道你就沒有別的話要對我說了嗎？」

「你是愛戀著我的，對嗎？」那是寒華心中永遠的隱痛。「不是因為任何原因，而只是因為我，對嗎？」

「我還以為你已經不會再懷疑了。」無名的聲音一如以往地平和：「是的，並不是因為其他的原因。連我自己都覺得奇怪，你並不是那個最好的，可以交付情意的對象，但你是寒華，這就足夠了。」

「你後悔過嗎？」一想到已經過了三百年，寒華的眼中閃過一絲黯然。

「後悔啊！我常常想，要是我從來沒有遇見你，只怕早已輪迴了幾世，也不會受這樣的痛苦。但是，每當起了這個念頭，只是徒然讓我記起了你。到了後來，我會沉湎於過去與你共度的那些歲月，而完全忘了後悔。」

「要是你沒有遇見我……」

「或許永遠不會有相思的苦楚，但也不會懂得情愛的滋味。」他知道寒華心裡的不安是為了什麼。「我的冷淡傷得你很深吧！所以，你才會這麼猶豫。」

「不，我只是害怕自己是在做夢，一個狂喜的夢。」

「如果我不情願。」無名的眼裡出現一抹淘氣：「會放任一個男人趴在我身上這麼久嗎？」

寒華一驚，連忙起身，這才發現自己有多麼逾矩。

「你在臉紅？」剝別人衣服的那一刻就沒想到嗎？

「對不起，我……」寒華連忙別轉身子，側過目光。

他們雖然曾經住在一起一段不短的時間，但始終相互待之以禮，更別說這樣衣衫不整地相處了。

無名支起身子，也不急著整理儀容，反而一掠前髮，拉散了頭上的髮髻，任著萬千銀絲披到了肩頭。

「寒華，你轉身做什麼?你是不是覺得我醜陋，才不願意看我？」這幾句話，他說得又輕又慢，似乎有些哀嘆的感覺。

「沒有，我不是那個意思。」寒華急忙辯解。

「哎呀！」無名的手肘一個無力，身子倒了下來。

「無瑕！」寒華聽見輕喊回頭時，正好看見無名倒向榻邊的雕花扶手，這一下子若撞實了，怕不頭破血流。

想也沒想，他伸手一撈，穩穩地把無名摟到了懷中。

「你沒事吧！」驚魂未定地，他半跪著把無名放回榻上。

「寒華。」無名卻沒有乖乖地躺回去，就著依偎的姿勢，雙手環上了寒華的頸項。

寒華本是極自然的動作一僵，變得抱也不是，推也不是。一低頭，更是望見無名從修長的脖子直到消瘦的胸膛，那瑩白的肌膚散發出如玉一般的光澤，嚇得他只能抬高視線，望向屋頂。

無名察覺到了他身體的僵硬，彎起了嘴角，把臉湊近了他的耳根，輕聲地問：「寒華，我一直很好奇，世人都說神仙沒有情欲，那是真的嗎？」

寒華只覺呼吸一窒。

「有嗎？」他吐出的氣息在寒華耳邊縈繞，拂動著寒華鬢邊的髮絲。那淡淡的香氣，讓寒華的心也浮動起來。「寒華，這麼多年了，你有沒有想像過和我翻雲覆雨啊？」

他的手輕柔地摸過了寒華的頷下，停在他的胸前：「你愛我至深，除了心，有沒有想過要得到我的人？」

「無瑕。」寒華抓住了他的手，氣息不穩地說道：「你這是……」

「哎呀！」無名輕笑出聲：「原來喜歡上的，是個不解風情的傻瓜呢！」

說完，頭一仰，輕輕地迎上了寒華削薄的唇瓣。

那樣地輕淺，只是輕輕的一個碰觸，還沒有真正嘗到是什麼滋味，旋即離開了。

他盯著寒華的眼睛，輕輕地說：「抱著我好嗎？我有些冷呢！」

寒華失了神似地俯首下去，吻上了他。從輕柔的接觸開始，覺得不夠滿足時伸出了舌尖，探入了無名微微張開的嘴唇，近似貪婪地索求著。

直到兩人無法呼吸，他才戀戀不捨地離開了已經被他蹂躪成緋紅色的唇瓣，兩人混雜的唾液如同細長的銀絲在半空欲斷還連。

無名由驚愕化為淺笑，笑得帶著一絲喘息。那一吻實在是太過激烈，太過驚人，也太過……美好……

他微微向後退去，把寒華拉上了寬闊的床榻。

「無瑕，你是真的……」寒華的語音中帶了一絲顫抖。

他沒有回答，只是強忍著羞怯，半褪下了衣物，露出了光潤的肩頭。

寒華急促地呼吸著，遲疑地往前接近。

無名伸手，解開了寒華頭頂的羽冠，寒華濃密的黑髮如瀑布一樣散了開來，令他原本冷傲的容貌添了一絲侵略的邪氣。

寒華終於不再遲疑，他一個用力把無名壓倒，嘴唇貼上他修長的頸畔，細細地啃咬起來。越過鎖骨，來到了胸部，他更是極盡輕柔地舔吻著那道疤痕。

無名倒抽了一口冷氣，敏感地往後退離，卻不知何時已經完全陷入了寒華的懷抱。

察覺到他的後移，寒華稍稍用力，把他困在懷裡。

「你後悔了嗎？」寒華抬起了頭，墨黑的眼珠比平時更加深邃。「不要反悔，是你邀請我的，不是嗎？」

兩人的身子交疊著，無名那麼明顯地感覺到了他的欲望，原本就紅透了的臉簡直要燒起來了。

「我沒有反悔，只是……不習慣……」聲音因為緊張沙啞起來。

寒華笑了，他拉起無名的手，往下放到了自己的胯下。

隔著衣物，無名還是感覺到了那種堅硬與火熱的觸感。

寒華脫去自己的衣服，他的肌膚簡直是一種妖異的誘惑，若說無名的膚色是白玉一般，寒華那種雪白簡直就是冰雪的顏色。就像是在陽光下看見的冰雪一樣，泛出炫目的晶瑩。

怎麼會有人的皮膚，看著就覺得寒冷？

無名靠了過去，靠上了那片冰雪似的胸膛，感覺到那種與印象截然不同的溫暖。

「無瑕，我想要你。」寒華的聲音低啞，異常煽情。

無名的喘息也急促起來，感覺到自己的下腹熱流湧動，情欲完全被撩撥了起來。

寒華用指尖抬高了他的下顎，帶著意亂情迷印上了他的唇畔，輕柔地輾轉，誘哄他張開了嘴，舌尖占有著侵略了進去……

「寒華！」在換氣的一剎那，無名忍不住輕喊出聲。

他一向淡然的語氣像是包裹了一絲黏膩的甜美，讓寒華深深地倒抽了口氣。

寒華一把把他按倒在了柔軟的床榻之間。輕輕托高他的腰，飛快地拉下了他的褻褲，略帶寒意的五指一攏，把他的火熱完全包覆在了自己的掌心。

「不……」無名下意識地驚叫出聲，卻在下一刻變為呻吟：「寒華，別……」

寒華的手指靈巧地取悅著他，他只能把頭抵在寒華的肩上，閉著眼感受那一波波湧來的快感。

「啊！」一陣急促的喘息以後，他渾身無力地倒在了寒華的懷裡。

「無瑕。」寒華扶起了他的下顎，看著他迷亂的神情。「如果我強行要了你，你一定會受傷，我要對你下一個催情的咒法，好嗎？」

他並不是很清醒，但還是點了點頭。

「看著我的眼睛，無瑕！」

他努力調整著焦距，直到看清寒華閃耀著點點光芒的眼睛。

「寒華！」一種完全不同於方才的欲望從一個令人羞於啟齒的地方擴散開來。他不安地扭動身子，想要緩解那種空虛。

「別亂動，還不是時候。」寒華笑得那麼誘人，令他更加難過起來。

寒華的手一路往下，來到了讓他覺得痛苦難當的地方，中指輕輕一探，滑了進去。

「啊！」他張口咬住寒華的肩頭，幾乎承受不住那種快感。

「舒服嗎？」寒華一邊咬著他的脖子，一邊來回抽動著手指。

除了呻吟，他已經發不出任何的聲音。

寒華漸漸地增加著手指的數量，雖然那稍稍緩解了他的難過，但他還是覺得不夠。

「寒華，我很難受。」他下意識地把手伸向寒華的下身，碰觸寒華早已熾熱的昂揚。

被他一碰，寒華呼吸立即急促起來，手指也停下了動作。

無名覺得自己難受得快要炸了，不由自主地擺動起腰來。

寒華突然把他一下翻了個身，讓他面朝下跪倒。他還沒反應過來，一股巨大的衝擊撞了過來。

「啊！」他把頭抵在被褥上，那種快感讓他的淚水都落了下來。

「無瑕。」深深埋在他體內的寒華俯下身子，忘情地吻著他。

那種熾熱在他的身體裡掀起了滔天的巨浪，只能順應著身體的本能，隨著寒華一同起舞……

仙魔劫

無名

今夜十七。
月正當空……

6

長長的髮相互糾結，銀與黑，加上一縷如血的紅。
不正如他們之間的情？
三百年，真的只是彈指一瞬間？
這次，又能相守多久？
自己，還有多長的時間？
究竟，該是欣喜抑或怨恨？

仙魔劫 無名

「你醒了？」寒華略帶寒意的指尖輕拂過他銀白的鬢角，拭去些許的濕意。語氣之中輕柔無比：「時候還早，再多睡一會兒吧！」

「不用了。」無名搖了搖頭，卻掩蓋不住臉頰上的紅暈。

天知道他哪來那麼大的勇氣。

他為人一向自律嚴謹，且引以為傲，可是昨夜居然……

居然主動地……勾引了寒華……

「怎麼了？」寒華低下頭，尋著了那雙幾乎是在躲閃的眼眸。「你是……後悔了？」

「別胡猜！」無名抬起頭，又飛快地低下：「我只是……只是……」

想到昨夜，自己居然那麼不知羞恥地在寒華身下……他就覺得……

還整整一夜，不停地要求著……

想到了這些，他全身通紅地往被褥裡鑽去，低聲地說：「你就別問了。」

一動，陣陣抽痛讓他僵住了身子。

縱欲真是要不得啊！

寒華笑了，連著薄被一把從榻上把他抱了起來。

「你做什麼？」無名嚇了一跳，伸出雙手勾住了他的頸項。

他是已經穿戴整齊沒錯，可是自己……

「是旭日。」寒華把他抱到窗邊，放到了躺椅上。

東方有流金之色泛起，一時光華萬丈。

「已經很久沒有和你一起看這日出了。」寒華半跪在椅邊，微笑著講：「今後的每一日，我一定會陪著你。」

無名將頭倚靠在他胸前，卻在他目光所不及之處，流露出一抹苦澀。

「有問題！」惜夜把目光收回來，很嚴肅地講：「一定有問題！」

「問題？什麼問題啊？」唯一的聽眾不合作地趴在書案上，正在努力地用功。

「你那個師父和無名啊！」他拿過蒼淚努力了一個上午的成果，不屑地予以白眼。

「有嗎？看不出。」只有這個白痴妖怪才看不出。

「他們兩個……娃娃臉，不太對勁啊！」

「沒有啊！」遲鈍！

「你存心的對不對？你是不是在敷衍我？」

「我可沒那個膽子！」喲！還看出來了？

「那你說說看，為什麼從昨夜開始他要設下界陣，害我都沒辦法靠近那邊？」

「大概……是為了防止不速之客吧！」

「你指的是我？」惜夜狐疑地看過來。

「不是，不是。」不是才怪！

「娃娃臉，為什麼我總覺得你在偷偷罵我？」

「是錯覺吧！」他朝天打了個哈哈：「你一夜沒睡，不如去休息一下，總勝過在這裡胡思亂想。」

「在沒弄清楚之前我睡不著。你也是，一點都不關心自己的師父，還在這裡亂塗亂畫。」惜夜一把搶過紙筆，扔得老遠。

「啊！最好的一張。」他覺得自己快哭了，這死妖怪是生來剋他的。

「你告訴我，你師父和無名，到底是怎麼回事？」

「情人嘍！」蒼淚面無表情地回答。

「情……情……情人？」惜夜的嘴巴一下子張得好大。

「是啊！你沒看出來？」

「怎麼會？他們都是男的！」惜夜跳了起來。

「無名是，我師父就說不準了。」蒼淚興致缺缺地支著下顎。

「什麼？你師父是女人？」這真叫他吃驚。

「我有那麼說過嗎？」妖怪的理解力果然很差。

「死娃娃臉，你玩我對不對？」惜夜的眼角都翹起來了。

「沒有啊！我是講，我師父本是神獸化形，沒有什麼性別之分。」

「天啊！那麼個美人居然是女的！」惜夜愣愣呆呆的。

「喂！不是的。」他有那麼講過嗎？

「還真看不出來……」惜夜低頭看了看自己胸口：「就是太平了點吧！」

「不是，我師父是上古神獸，與其他生靈不同，沒有男女之分。」

「那她不就是無名的妻子？我不就應該稱呼她……」惜夜轉過頭，神情嚴肅：「娃娃臉，我叫不出來。」

蒼淚的嘴角不住抽搐。

「你說叫她姨娘可不可以啊？」惜夜真的很認真地在思考這個問題。

「姨……姨娘？」他覺得手也開始抽筋了。

嗚……他天上地下第一冷血的師尊，居然……居然是姨娘？聽起來還是小妾那一級別的？

好好……好好笑！

「娃娃臉，你幹嘛？」惜夜厭惡地看著趴在書案上「涕淚縱橫」的那個小白痴：「你好髒啊！」

「惜夜啊惜夜，你真是個天才中的天才！」蒼淚嗚嗚咽咽地說著。

「這個還用你講？」惜夜仰著頭，用力地「哼」了一聲。

蒼淚更用力地「埋頭痛哭」。

「不過。」惜夜歪過頭，提出不合理之處：「你那個師父美是夠美了，不過性子實在不夠溫柔，連無名的千分之一都及不上。要說她是個女人，我實在很難相信。」

「的確！他的確是不溫柔。不過，又有誰規定女人一定要溫柔？」

「可是……」惜夜猶不死心，又說：「主要是你師父的身材實在太差了！沒前也沒後，無名不是很吃虧？」

「身材不好？」蒼淚用力地咬住自己的舌頭，用鼻音回答他：「沒前沒後又怎麼樣？說不定無名就喜歡那樣的。」

「幹嘛？」惜夜看著某樣肖似於豬的動物趴到桌子底下發出「哼哼哈哈」的聲音。「娃娃臉，你有毛病啊？」

「對！對！」桌子底下傳來悶悶的回答。

「我還是覺得她像個男人多一點，無名居然喜歡那一型的啊！」他覺得難以接受：「我本人比較中意溫柔美麗又體貼的，至少得看上去像個正常美女。」

「弱不禁風的那一種？」蒼淚探出半張臉來。

「不是很好嗎？無名比較適合文弱的女性。」男人再怎麼斯文都會有保護欲，所以一直以來柔弱的美人才會這麼搶手。「哪像現在，無名被你那個師父抱來抱去的，一點身為男子的顏面都沒有了。」

想到那個場面，真是讓人毛骨悚然。雖然不可否認，畫面倒還算賞心悅目，不過看上去這麼自然就是不正常所在吧！

「關於男子的顏面嘛！」這隻妖果然要命地單純呢！怎麼跟一株植物或者一隻動物解釋這麼複雜的問題呢？「相對於這個問題，我倒更想知道他在晚上是以什麼方式面對他的。」

「你在講什麼？」她啊他的，還笑得這麼噁心，在講什麼呢？

「小孩子不懂的事。」蒼淚從桌下鑽出來，重新坐好，擺出一副「大人」的派頭。

「娃娃臉，你得意什麼？我當你祖宗都夠歲數了，什麼小孩子？你才是個小白痴呢！」他伸手給了個響栗。

蒼淚倒是沒閃躲，任他敲了一下：「那倒不一定，我就打賭你根本到現在還沒弄明白這究竟是怎麼回事。」

開玩笑，算真實的年紀的話，他才不會輸給這隻妖。不過今天他心情好，不打算打擊這隻可憐的小小妖了。

「你少在這裡不懂裝懂，大不了我去問無名，他總會告訴我的。」無名對於解釋他不懂的問題向來很有耐心。

「好吧！那你回來以後一定要來告訴我喔！」蒼淚笑咪咪地向他揮手道別。

風蕭蕭兮易水寒！

可想，他會去問無名一些愚蠢又尷尬的問題，無名一定會支吾其詞，他又會打破砂鍋問到底，無名會羞愧至極，最後師父一定會很生氣。

如果再加上一句姨娘之類的……

「啊——」遠遠傳來一聲驚呼，接著是重物落水的「撲通」聲。

當傻子果然沒什麼好下場，傻人最沒福了！

蒼淚裝模作樣地嘆了口氣，繼續埋頭努力用功。

「如果，能將這頭白髮變回青絲。」寒華為無名束好髮髻，用梳子梳理著披散的肩髮：「我可以去西海尋找被扔到海底的回光鏡，那個可能會有用。」

無名輕輕搖頭：「不用了，我不曾在意這個。算算歲數，我今年已經三百多歲了，就權作年華逝去的見證吧！」

「可是，我總覺得難以釋懷，要不是因為我，你又怎麼會變成這樣？」

無名回過頭來看著他：「寒華，如果這讓你覺得有愧，那你就去找尋好了。如果我變回滿頭黑髮可以讓你不再介意，那就好。」

寒華突然把他擁入懷中，嚇了他一跳。

「怎麼了？」他抬起頭。

「我改變主意了。其實這頭白髮也不錯，讓你看來更加好看了。」銀色的長髮襯得他清雅出眾，恍似下一刻就要飄飛而去了，是以他才忍不住出手想要抓住。「不過，你不要真的飛走了，我會害怕的。」

「怕什麼？」無名笑了出來：「就算真的飛走了又會怎麼樣？」

「我會抓住你的，我也會飛。」他自己也笑了。

「是啊！上窮碧落下黃泉，我和你早有誓約了。」

「上窮碧落下黃泉……」寒華的神色有些黯然。

上次說這句話之後，是三百年的離別。

「不要擔心。」無名撫平他衣袖上的褶皺。寒華總是穿著漢式的闊袖紗衣，動靜間皆有一股倨傲之氣：「這一回，我一定會守著你的，哪怕你再怎麼趕我走，我都不會再離開你半步了。」

「不。」寒華反手抓住他的手掌：「這句話應該由我來說。等明天，明天我就去牧天宮找東溟帝君，他應該藏有優缽羅花的花瓣，只要有那個，我就可以和你心意相通，絕對不會再發生任何變故。」

「優缽羅……」

這名字……

「不錯，那是淨土的一位尊者脫胎前留下的本身。只要聞到它的香氣，心中惡念就會盡消，自然會產生善意。要是兩人同時分別服下一片花瓣，就能心意相通，永世不忘。只要你和我能夠同時服下，那從今往後，只要你的心意不改，我就再也不會神智紊亂，把你遺忘了。」

「世間真是無奇不有。」無名微訝：「真的有這種奇物？」

「香氣是否有那種效用，我不得而知，但服食後的效果，我曾親眼見過，絕不會錯。」寒華的目光抬高，望向雲層深處：「以前，優缽羅尊者猶在天界之時，司掌的就是這個輪迴中的人心。」

「哦?人心居然也是能夠控制的?」那不是世上最無法估量的東西嗎?

「當然不能。」寒華搖了搖頭：「這世間凡人的心，比任何事物都要紛繁複雜。相對來說妖或者是仙，因為欲望淡泊或者單一，所以反而才會顯得簡單易懂。」

「那又何言司掌?」無名忍不住想問，也不知道為什麼……好像分外關心著……

「因為優缽羅花是世間最為純善之物，所以它的元神也是這世間最智慧通透的仙人。優缽羅曾是如來座前最有慧根善念的尊者，他生來就是為了引導世人向善。」寒華難得地為別人流露出惋惜：「只可惜，到了後來，連他也敵不過世人心中的痴狂執念，終於墮入了魔道，形神俱滅。」

「你們，是認識的？」聽他的語氣，不像是在討論毫不相干的人。

「談不上認識，只是遠遠見過一面。」寒華一縷一縷地梳理著無名的銀髮：「不過，他給人的印象很深，那位尊者不但有最純淨的心，更有遠勝世間一切色相的容貌。」

「遠勝世間一切色相？」這是多麼難以想像的詞句。

「萬千生靈，淨善為首。除了昔日的東溟帝君，我所見過最完美的容貌，首位的就是這位優鉢羅尊者。」

「這世上竟有比你還要完美的外貌，我倒想瞧瞧。」無名故意這麼說。

「可惜，他化為塵土少說已近千年，你怕是見不著了。」寒華皺起眉頭，終是忍不住又說：「其實也不一定是我說的那樣美麗，再說美麗醜陋也只是表相而已。」

無名不答，只是抿嘴笑著。

寒華一挑眉：「在我心中，唯有你才是特別的，無論你變成什麼模樣，我絕不會認不得。」

無名拍拍他的手背：「我只是有點好奇，你一向不把任何人和事放在心上，卻對一個只有一面之緣的人記憶深刻，不是有點奇怪嗎？」

「這一點我也不是很明白，興許是有些宿緣吧！」

無名點點頭，不再追問。

「無瑕，那個叫惜夜的妖，好像不大尋常。」寒華放下梳子，眉頭有些皺緊：「他的身上滿是腥臭，像是大肆殺戮而來，可偏偏身上毫無戾氣，根本不像貪好血腥的妖物。而且……他讓我覺得十分熟悉，我總覺得曾經在哪裡見過他，卻一直想不起來。」

「是嗎？不會是錯覺？」

「無瑕，我不是凡人，不會有錯覺這回事。我一定曾經見過他，但他一定不是現在這個模樣。」

「我從來不認為他會是妖物，他和一般的妖物並不一樣。」無名嘆了口氣：「可他總是說自己是妖，我也算不出他的來歷，也只能由著這個疑惑留著了。」

「他真正的樣貌……並不是這樣的吧！」寒華想了想：「一般的妖怎麼能夠有這種的法術，不是幻化，而是真正長久地化身為另一個模樣。」

「他說，他本命是一株蘭草，只有一千多年的道行。」他當初聽見的時候是吃了一驚的。「其實，就我猜想，惜夜他是在欺騙自己。他一直認定自己是妖，不停地混淆自己，久而久之，他自己也都這樣相信了。」

「怎麼會認定自己是妖物？」只聽說有妖當自己是神是佛，還沒聽說過這種刻意貶低自己想做隻妖的事。

「應該是遇到了什麼事情，使他失了神智常態，鎮日渾噩度日。」無名難過起來：「他堅持自己是妖，想來是因為他昔日的身分令他深惡痛絕，不想和自己的過去再有一絲一毫的牽連，才會這樣告訴自己。」

「我還是無法理解。」

「惜夜看似輕佻活潑，其實內心……讓他痛苦到需要遺忘的，一定是無比慘烈的過去吧。」無名微微側過頭，把自己的表情掩藏起來。

「話是這麼說，不過他雖然法術奇高，但力量實在太弱了，根本不可能是我認識的任何一人。」寒華沉吟著：「許多法術都需要力量達到某個程度才能領悟，沒有可能出現這種不相匹配的情況。」

「是被人剜了心。」無名又重重地嘆了口氣：「他被人毀了原本的容貌，剜去了心臟，丟棄在一處絕崖之下，原本應該傷重不治，也不知為什麼竟是活了下來。我遇到他的時候，他一味殺戮，為的就是尋找自己那顆不見了的心。」

「這倒是有些離奇。哪怕是植物化為人形，心臟亦是魂魄根本，少了也是絕不能活的，除非依靠某種外力或神器還魂再生。」寒華似是想到了什麼，但立刻又搖頭：「不可能，就算誅神法器『續魂石』能令身體不會死亡，也不可能多活三百年這麼久的時間，更別說還魂後還能使用法術了。」

「也不知他為什麼說自己是株蘭草，他平素固執剛烈，哪裡像花妖會有的性子？」

「絕對不是花妖，但在哪裡見過……」卻是想也想不起來。

「我雖然算不出他的來歷，但有一點我能肯定。你和蒼淚，一直在尋找的那個答案，惜夜是個『關鍵』，他是十分重要的關鍵。」無名望著他，眼神清澈。

「你怎麼會知道……」自己絕對沒有提到過的事，無名又怎麼會知道？

「寒華，我也已經活了三百年了。」

為了心中唯一的一絲希望，他強迫自己學習命理術數，以及那些艱澀難懂的上古神文，為的就是有朝一日重逢的時候，自己不再是一無用處的束縛，而是可以幫得上忙的助力。

事。」

「我多少超出了一個凡人所能達到的界限，知道了一些別人所不知道的事。」

「追溯上古眾神的舊事？無瑕，這哪是三百年間能做到的？」寒華驚訝極了：「你不過是輪迴中的凡人，怎麼能……」

無名一把抓住了他的雙手：「世事無絕對，你不是絕不可能愛上別人，這不也愛上了我？還是你覺得我太笨了，絕對學不會那些東西，做不到那些事？」

「當然不是！」寒華生怕他誤解，急忙解釋：「我只是覺得吃驚，你知不知道，懂得那些對你有害而無利？」

無瑕終究只是凡人，學習神文擅用法術，他的身體負擔不起。

「其實沒有那麼嚴重，我到現在也沒什麼機會施展所學。占卜推算不過是一些意念，沒那麼可怕。」他抬起手來，撫開寒華眉間的皺紋：「何況，我早已不再是凡人了。」

「那你卜到了什麼？」由於切身相關，他算來算去也無從知曉，其他神眾大多如此。尋了近萬年，說不厭倦也是假的。

「寒華，我來問你，這個答案對你而言，是否極為重要？」無名問得淡然，卻也慎重。

寒華一愣，看著無名，神情也漸漸凝重。

「如果你是想問，你與它孰輕孰重，根本就不必比較，在我心中，你永遠是最重要的。如果你希望我不要插手再管這些事，我就不管。」他說得也極為自然。

果然不出所料！

無名在心裡長嘆了一聲。

「我並沒有要求你不要去管，那是你的承諾，我怎麼會橫加阻攔？」他淡淡地笑了：「我知道你一直在尋找祝融一族浴火重生的方法，並且已經找到了，現在只缺一樣東西就可以列陣施術。」

「你知道……」

「不錯，我知道它的下落。你尋找了幾千年的炙炎神珠，我知道它被藏在了哪裡。」

「在哪裡？」他算了幾百年，找了幾百年，甚至去了地界，昔日的九黎之民早已將它遺失。在偌大的世間要尋找一顆小小的珠子，談何容易？「只要有了它，返生陣成，紅綃就能浴火重生了。」

這是他許下的諾言，一定要讓紅綃返生。唯有這樣，才可能消融共工、祝融兩族延續了幾萬年的仇恨。

炙炎神珠，只需要一顆炙炎神珠！

炙炎神珠……

「不會很長久了，只要一小段時間。我保證，最後，它一定會歸你所有。」

他淡淡地向寒華許諾。

只是一顆炙炎神珠罷了。

既然是你的願望，這一回，就由我來為你達成吧。

7

月色悠悠，寂靜無聲。

有人！

他霍地張開眼睛，卻是一愣。

月色下，那人髮銀如雪。

「無瑕？」

那人回了一個微笑給他。

一個悽惶的微笑。

「無瑕，我怎麼會動不了？」像是有無數無形的細線做成了繭困縛著他，令他無法動彈。

「這是上古奇術中的一種，是昔日南海帝君最為擅長的『縛龍咒』，你也應該聽說過吧！你放心，這咒只會困住你一時，不會有什麼危害。」那人幽幽地嘆了口氣：「只能說，你回來得真不是時候。」

「為什麼？」他忘記了掙扎，瞪大了雙眼：「你為什麼要這麼做？」

「寒華，三百年了，三百年是一段多麼漫長的時光啊！」他坐到了床畔的椅子上，為自己倒了杯水：「如果我三百年前死去的話，應該轉生過幾次了吧。」

「為什麼？」他不解地看著前一刻還在自己臂彎中安睡的情人。

「因為，我們的重逢本來就不應該發生。如果早上三百年，我恐怕會欣喜若狂，可是到了現在，我也只能怨怪上蒼無情，造化弄人了。」

他看過來的目光空洞無神，寒華心中一怵。

「你是無瑕？」他問。

「我跟你不同，三百年，對你而言不過是轉瞬即逝。你已經經歷了無數個三百年，未來也會繼續經歷下去，但對我來說，這三百年足夠使我有太多的改變了。」

「你這是……在怨怪我？」寒華的心一涼，如同浸到了冰水中。

他卻搖頭：「太遲了，一切早已經結束了。在三百年前，你那一劍已經結束了我們之間的一切。」

說完，他用筆潤了些朱砂，在金色的符紙上開始書寫。

「我不明白，你明明說不曾怨怪過我……」

「寒華。」他並沒有抬頭：「現在在你眼前的，並不是三百年前的連無瑕，我叫做無名。雖然我過去的確曾是那個人，可是事實上那個連無瑕，在這三百年裡已經慢慢地死去了。」

「你胡說！」寒華開始掙扎：「你明明是無瑕，是我的無瑕，你為什麼要這麼說？你究竟想做什麼？」

無名放下筆，拿起符紙認真看著。

金色之中紅線交疊，形成了詭異的圖案。

他滿意地點點頭，唇邊還泛起微笑。

笑得讓寒華心中一驚。

這人……不是無瑕……

手一揚，符紙燃起，後滅於水中。

他端著水，慢慢走到了床邊。

「那是什麼？」

「寒華，到了現在，你還認為我是你的無瑕嗎？」

寒華用力地閉上了眼睛。

「我佩服你的固執，可惜，它不能改變任何事。」他一如以往地淡然自若。

「無瑕！」寒華流露出難過的神情：「你為什麼要這麼對我？究竟是什麼原因讓你不惜要這樣做？」

「原因？」無名一愣：「你要說到原因的話，大概是因為你今日說的那一席話吧！我原本不想這麼快就打破你的美夢，你卻說要去尋找什麼心意相通的方法，我不能讓你那麼做。」

「原因呢？」他睜開了眼睛，那裡面寫滿了痛楚：「你害怕我糾纏你？」

「只是其一，其實你就算找到了，結果也不會有什麼不同。我的心既然已經不復當初，最後也不會有你想要的那種結果，你還是一樣要失望痛苦的。到了那個時候，說不定大家都會受到更大的傷害。」

他帶著些許無奈的口氣說：「你越是愛我，我的心裡也越是難過，我不喜歡這樣子。」

這個人……無情淡漠……卻依舊聖潔高雅。

不論他是誰……與自己記憶中的無瑕實在相差得太遠，卻又相似地出奇……好似，他原本就應該是淡漠的……

三百年，真的是那麼漫長的歲月？

漫長到……湮滅了一切愛與恨，只剩下了淡漠嗎？

「情到濃時轉為薄，寒華，你為什麼不懂？還是因為你終究是仙，本就不懂人心中的情愛？」他望著手中的杯，杯中有水，水中有符。

「我是不懂，我只知，愛我所愛絕無怨尤。」

無名搖頭長嘆，突然仰頭喝光了杯中的符水。

「無瑕，你做什麼？」寒華大駭，更加用力想掙脫身上無形的束縛。

下一刻，無名突然俯下身來。

四目對望，兩唇相交……

撬開齒頷，清水哺入寒華的口中。

直到他在驚愕中服盡，無名才拉開了距離，定定地望著他。

寒華也靜了下來，不再掙扎。

「你知不知道你為什麼會突然變回了三百年前的那個寒華？」

無名轉身放好空杯：「那是因為論起實力他遠不及你，但他手上卻有誅神法器『蝕心鏡』。你如此有失常態，就是被那鏡子照過的緣故。幸好你修為高深，要是換了別人，性格會完全顛倒過來，你則是暫時喪失了這三百年間的記憶，回到了你一生中受創最深的時候。」

鏡雖名蝕心，其實真正蝕盡的只是時間。

「那你又讓我喝了什麼？」

無名眨動睫毛，再一次轉過身去：「這三百年來，你的法力之所以退卻良多，並不是因為他修為急速精進，而多少是因為當年那朵纏情讓你修為受損。

「這道符名為『往生』，它能完完全全吞噬掉你體內殘留的纏情之傷。既然你被人偷去了時間，我所能做的就是幫你把那段時光找回來。」

「轉過頭來，無瑕，讓我看著你的臉。」

無名一頓，然後無奈地嘆了一口氣：「為什麼到了現在你還不明白？你我之間的情一直是個玩笑，一個由纏情開始的玩笑。」

他轉過頭來，臉上一片平靜：「現在，是時候結束一切了。如果不完全消除藥性，你終究勝不過那個人。他當年之所以設計你，為的正是懼怕你的修為，只要消除了藥性，你就會變回那個寒華，他難以望其項背的寒華。」

「我不在乎！無瑕，只要有你……」

「我在乎。」無名走了過來：「三百年前，我的命運因為你脫離了既定的軌道，是時候做個了斷了。」

「原來……我的情……什麼都不是……」床上的寒華，臉色白得嚇人，眉目間寫滿了絕望：「原來，到了最後，你還是無法愛我……」

一絲血漬沿著唇畔滑落，眼前的景物開始渙散。

最後的一眼，是心中摯愛的臉龐。

以及……聽來隱約的長嘆……

結束了。

做了三百年的舊夢。

三百年前便應醒來的舊夢。

終於……

他皺了一下眉，睜開了眼。

青色竹舍，乾淨整潔，白紗及地，月光從窗櫺中穿透而入。

仙魔劫

無名

他用力閉了下眼睛，復又睜開。

這裡……

「師父，你醒啦！」下一刻，視線中出現了一張大大的臉，眉清目秀，笑起來右頰有一個深深的酒窩。

他扶著床沿坐了起來。

「你怎麼能甩脫得了他？」他問著。

像冰一樣冷的目光，聲音中充滿了寒氣。

這個人果然是他的師父，不，卻又好像有些不同。

「蒼淚。」望進他眼底的目光……是了，師父一直是這麼冰冷的不錯。可是現在的師父比他所見過的任何時候，都來得疏離漠然。

就像……千萬年不曾消融半分的寒冰精魄……

「蒼淚，為什麼不回答我？」他站了起來，看著眼前神遊天外的弟子。

「師父，你……什麼都不記得了嗎？」蒼淚小心翼翼地求證。

「哪裡來的天魔障？」如果沒有記錯，蒼淚的確用了失傳已久的上古奇術。

「你是不是應該告訴我什麼？」

「從那以後……」

「之後，我失了清明。」他突然抬起頭。

「怎麼了？」蒼淚緊張地咽了口口水。

「有血腥氣。」他環目四顧：「不是用妖術幻化的地方，是妖穴嗎？」

蒼淚搖了搖頭。

好險！這樣也能察覺得到，怪不得得把那死妖怪趕走。

連幾天以前留下的味道也察覺得到啊！

「蒼淚，發生過什麼？」他一眼望過來，蒼淚突然覺得有點心虛。

「師父昏迷了七天七夜。」從那一天開始，的確是有七個晝夜了。

仙魔劫 無名

「好厲害的蝕心鏡。」他低下頭，略作思索：「要勝他，需花些心思。」

「師父。」蒼淚欲言又止：「關於天魔障……」

他抬頭看向窗外，皓月當空，已是下弦。

「你所說的，是不是和屋外那個人有關？」

蒼淚一愣，旋即點頭。

寒華衣衫輕擺，已經出了門外。

一曲溪流，落花如雪。

有人站在高處，俯視著流水落花。

一襲藍衫迎風拂動，那人負手而立，像在沉思。

雖然是滿頭白髮，但瞧身形氣度，並不像是年老之人。

不在三界中，更離紅塵遠……

「你醒啦！」那人沒有回過頭，卻已經察覺到他的到來。「你大傷元氣，還是需要靜養一段時間的。」

「你是誰？」他在那人的身後站定。

「你徒兒也曾追問過我，當時我說，非鬼亦非仙，一曲桃花水。」那人的聲音中帶上了一絲笑意：「他好敷衍，但寒華上仙一定不會接受這麼草率的答案。」

「不，我信。」這人不似舊識，卻也不是全然陌生。

那人轉過頭來。

髮色如雪，額前一縷卻又似血，面目卻不得見。

自唇鼻往上，有一張黑色面具，將那人的面貌遮去了七八分。

「是仙？是魔？還是舊識？」

那人緩緩搖頭，月光下，髮色有如白銀。

「是個凡人。」那人的聲音溫和淡然，很是陌生。

他不再說話。

「別說是你，我自己也很難相信。」那人伸出纖長五指，接了一把風中吹落的花瓣：「或許該說，我曾經一直以為自己是個凡人，後來卻發現早就什麼都不是了。」

「你我相識？」

那人看他一眼，眼神清澈無垢，也無任何可以辨識之處：「不識。」

「總有名字。」

「有。」那人終於點頭：「我叫做無名。」

「說是無名，通常便是掩飾。」

「不錯，我本來不叫無名，可現在就叫無名。」

「不在三界中？」這個人的身上，不是任何一種三界眾生的氣味。

「自是無名氏。」那無名，嘴角一勾，淡淡一笑。

「是你幫了我。」他扣住那人的腕部，輸入一絲仙氣：「你有什麼目的？」

「因為有緣。」無名也不掙脫，由他試探。

「你原本認得我？」這人竟能與自己氣息相容，到底是什麼來歷？

無名點頭：「寒華上仙。」

寒華放開他的手腕，看著他坦然的雙目：「還有什麼？」

「許多。」

「多到何種程度？」

「許多。」無名的雙目中有著無法猜測的高深悠遠：「多到超出你的想像，當然，除了些許被刻意隱藏的細節。」

「比如？」

「比如，你和傷了你的那個人之間，從不周山倒那天開始的一些往事。」

寒華烏黑的瞳孔變得幽深。

「我的存在，不是威脅。」

「你懂得上古神文？」代表他至少知道一些過往舊事。「你是上古遺族？」

「不，我不曾躬逢其盛。」

「你既然知道那人的本事，為什麼要幫我？」縱是上古神眾之中，也沒有幾人願做那人的對手，貿然與他為敵，實屬不智。

「因為有緣，我和你們，都有宿緣。」

「宿緣？」

「不錯，就是宿緣。」無名想了一想，才說：「算是前世的宿緣。」

「那為什麼不是幫他？」

「因為我這一世，是因他而生，為你而死。」說到生死，無名也無一絲動容。

「那不正應幫他而非助我？」

「每個人的想法都是不同的。」無名袖口一動，手中的花瓣落入水中。「我不想違逆天意，上天既然已經做了安排，我也懶得與天去爭。」

「倒是少見。」寒華說得平靜，無絲毫諷刺之意。

「世事正如棋局，你我不過棋子。這番話用在你我身上，其實也很貼切，只不過這操局之人，手段更為高明而已。」

「你倒是無怨無悔。」

「三千微塵裡，吾寧愛與憎？」

「說得好。」寒華再問：「要是我現在殺了你，你說，這上天會不會亂了陣腳呢？」

「如果你殺了我，也可能是誰人早已布下的一著。」

「好，我們來試試看！」寒華點點頭，一手按住無名的脈門。

一時，寒氣四溢。

無名的臉色突地泛青。

仙魔劫 無名

「住手！」一聲怒喝破空而來。

無名長嘆了一聲。

寒華袖袍一拂，冷冷地說道：「終於來了。」

白衣黑影，交錯而過。

一切猶如驚鴻掠影。

「不要傷他！」

如疾風的指尖驟然停頓。

紅光閃現，流淌下了惜夜白皙的頸項。

「不過是隻妖。」寒華從懷中拿出白絹，拭盡指尖血跡。

手一揚，白絹遠颺而去。

「你有蓄養妖物的習慣？」他冷冷再望一眼：「還是這麼腥臭的，以你的能力，太過汙穢了。」

「你！」黑色面紗外的雙目狠狠瞪著他。

「惜夜！」無名的語氣中頗是嚴厲：「我說了什麼，你難道忘了？」

惜夜心中一驚：「我是怕他對你……」

「我平日裡縱容你驕橫放肆，到了今日，你是準備連我的話也不聽了？」

「可是……怎麼……他……」惜夜愣在當地，心慌地想要解釋。

「惜夜！」

「對不起，我知道我做錯了。」他從沒見過無名這樣地生氣，對他說話這麼嚴苛，一時亂了陣腳。

「算了！你先進屋裡去，我們還有事要談。」

惜夜欲言又止，忿忿地看了寒華一眼，轉身離去了。

「請上仙見諒，無名教子無方，方才冒犯了。」他一揖及地，語氣恢復了平和。

「蓄妖為子？倒是別有興致。」連看也不用看就知道，那東西滿身血腥，加上烈性未除，與眼前這人毫無相似之處。當然，除了面目都愛遮遮掩掩以外。

「他和你我之間的事沒有關係。」

「我倒覺得並非全然無關。」

「上仙多慮了，不過是一隻小小的妖。」

寒華動了動嘴角，也不知是不是在笑。

衣袂飄搖。

一人著白，一人著藍。

漫天飛花。

8

「娃娃臉，你說，究竟是怎麼回事？」惜夜一把揪住蒼淚的領子。

「你問我，我去問誰啊？」

「那個好歹也是你師父，你知道的一定比我多。」

「我還想問你呢！」這樣地理直氣壯，還真是讓人佩服。「你前天不是答應無名要暫時離開，怎麼又折回來了？」

「無名從來不隱瞞我什麼，可這回什麼理由都不說就要我走。我越想越不對勁，所以就半路折回來了。」他甩開蒼淚，大剌剌地坐了下來。

「又不是你一個人一頭霧水，我也不知道究竟出了什麼事啊！」無名連解釋都沒解釋，直接把昏迷的師父丟了過來，還逼著他發那個什麼鬼誓，他比較可憐好不好！

「無名一定有他的理由。」

「所以我也發了誓啦！」做這種事，和欺師滅祖沒什麼兩樣。「如果我師父將來知道了的話，我一定會很慘！」

「蒼淚。」惜夜的語調突然一變。

「怎麼了？」他這麼一本正經的，還真讓人不習慣。

「答應我一件事。」

「什麼事？」

「在任何情況下，都要遵守你對無名的誓言。」

「我已經發過毒誓了。」

「不夠，我不一樣，我從不相信別人的誓言……」

「什麼？」難道是錯覺？惜夜現在的這個樣子……

「我不希望他就這麼死去了，在我還沒有完全釐清之前……」

「惜夜？」

「惜夜。」他也隨著輕聲念了一遍：「我喜歡這個名字，也很喜歡無名。所以，你必須要幫我。」

「為什麼？幫什麼啊？」蒼淚不明所以地看著他。「惜夜，你能告訴我，你們究竟是什麼人嗎？」

眼前身著黑紗的惜夜，縱是彷徨迷惑也顯得傲然不俗，這個妖，絕不像看起來這麼簡單。

「七情六欲，掙扎苦海，我們和凡人到底有什麼區別？」惜夜目光迷離：

「所以無名，還是會死吧……」

蒼淚一愣：「他倒是說過……」

我大限將至了！

「無名其實活得很苦，死去對他來說或者是一種解脫……雖然他死了，也不會有多少人會為之痛苦，至少他最在意的那個人是不會為之痛苦的。不過對我來說，那真是一件殘忍的事啊！」惜夜說這番話的時候半低著頭，雪白的皮膚與頸上的血跡形成了惑人的妖異，看得蒼淚心都跳快了幾拍。

「你想讓我做什麼？」他努力穩住心神，告訴自己，眼前的不過是一隻傻妖而已，長得也不怎麼樣，最重要的是他是公的，有什麼值得心跳的？

「去昆侖山，再為他取來一株絳草。」

「絳草？三千年生長，如今只剩下一株的絳草？」

惜夜點頭。

「那麼，『再』是什麼意思？」

「因為曾經有人為他殺上昆侖，取過一株。」

「你，想為他續命？」那麼說，無名曾經服食過絳草？怪不得他以凡人之身，居然能長壽至此。

惜夜搖頭。

「沒有用的，無名的死是必然，誰也沒有辦法強留他在這個世上。我只是想略盡人事，試著留住他的魂魄。」

「魂魄？你的意思是無名不但會死，連魂魄也會消散？」原來，惜夜口中的「死」，竟會是魂飛魄散，永不超生的那種死法。怪不得，怪不得他會這麼憂心，會這麼不捨。

「如果可以在他死前幫他留住一絲元氣，讓他不至於魂魄盡散，再一次投胎轉世，也許，他就不會再受宿命所累，逃出我們這個無盡的輪迴。」

仙魔劫 無名

「我們這個……」這是什麼意思？

「他的願望，應該是能夠作為一個人，能夠生活在陽光下，而不是現在這個『非鬼亦非仙』的樣子。」惜夜深吸了口氣：「不要有那個『寒華上仙』的平靜人生……」

「沒有我師父……」師父與無名，會是宿命？那又是怎樣的一種宿命？

「蒼淚，已經過去近一萬年了吧！」

蒼淚雙目一瞠。

「該結束了，不是嗎？」惜夜似乎在笑，只是隔著黑紗，讓人看不真切：「如果可以永遠是『惜夜』，永遠和無名過著這種日子，做隻懵懂小妖，真的不是什麼傻事。」

黑影遠去，留下淡淡的氣息縈繞。

這味道……是紅蓮……

這座山谷裡究竟隱藏了多少祕密？為什麼……

惜夜……竟不是妖？

「師父，有一件事，徒兒不知當講不當講。」

「什麼事？」

「那個惜夜，就是……那妖，對徒兒講了一些十分奇怪的話。」

「什麼話？」

「師父，你對於無名……他的來歷……」

寒華搖了搖頭：「他的身上沒有一絲可供分辨之處，不是仙、妖、魔、鬼任何一類。算不出過去未來，是這個輪迴裡的一個謎團。」

「聽惜夜講，無名，似乎命不長久了。」

寒華看他一眼，問：「蒼淚，你為何如此關心他人生死？」

「我只是覺得……看到那個無名，總覺得他不應死去……」蒼淚講得吞吞吐吐。

「那個無名，的確是很不一般。」寒華仰望旭日流金：「但你千萬不要忘記了，你我不同於旁人，要懂得控制自己的感情，我不希望再收拾一次一萬年前的那種爛攤子。」

「那麼師父，你的感情曾經失去過控制嗎？」

一時無聲。

許久，寒華冷漠的聲音才又響起：「在我所意識到的範圍之內，沒有。」

「若是到了控制不住的時候，又該如何？」

「你必須要學會掌控自己的情感。」

「可是有些時候有些事情，不是自己想控制就能控制的吧！」

「蒼淚，你莫不是想說，你對那個無名懷有特別的心思？」

「也許我……」

「不行！」寒華冷冷地打斷他：「他不是個簡單人物，單從他知曉那麼多隱祕之事，就應當心存警惕。你千萬莫要忘了，那個人最善於『攻心』，如果這一切，包括這個『無名』，都是來自他的詭計，那也毫不出奇。」

「你誤會了，師父。」蒼淚突然覺得有點難過，並不是為了無名，而是……那個幾天前的師父：「無名他絕不是什麼敵人，他只是……只是一個……值得信任的朋友。」

「為何你如此篤定？」

「對不起師父，我答應過他，以盤古聖君之名起過誓，有些事我不能向你透露。」

「那就算了。」寒華淡淡應道。

「師父。」他喊住那個欲離去的背影。

那雙眼裡……毫無感情……

「師父，你對無名……請溫和些……他已經很辛苦了……」

「我自有分寸。」寒華拂袖轉身：「蒼淚，不要忘了你自己的身分。」

十五。

黃昏。

「上仙。」藍色的人影遠遠地站住。

他從空中落下，睜眼看去。

「看上仙氣色，應該大致恢復了吧！」

寒華點了點頭。

「我來，是有一樣東西想要贈予上仙。」

「什麼？」

無名抖開手中白色絹布，正是一件縫製好的外袍。

「不用了。」寒華拒絕。

「請上仙務必收下。」

寒華為他語氣中的堅決微訝。

「只是……一件衣裳。」無名的補充倒是壓低了聲音，微不可聞。

長袍闊袖，潔白如雪，正是寒華一向的裝束。

「好強的靈氣。」遠遠看著，居然就能察覺得到靈氣？

「我加了護咒。」

「這是……」寒華手一招，衣物飄浮到他的眼前：「頭髮嗎？」

絹絲之間，隱約夾雜著幾縷銀色的細微光芒，煞是美麗。

「是我的頭髮，我的頭髮是我身上執念最深的部分，相對靈氣也是最強。

夾雜少許製成衣物，輔以咒術，有意想不到的用處。」

寒華只是望了望他，也不再多話。

「多謝上仙笑納。」無名的聲音中稍有了笑意。

「無名？」

「是的。」

寒華轉過身去，背對著他：「我並不覺得我們素不相識。」

無名沒有答話。

「你為什麼要折損自身靈氣，製成衣物給我？」

「因為我有過承諾，一定要幫助你達成你的諾言。」

「你知道我的承諾？」

「是的。」無名也背轉身去。

「對你來說，又有什麼好處呢？」

「有。」無名笑了：「只要你達成了諾言，我就完成了我的目標。」

「那是什麼？」

「等一切都結束的時候，寒華，你要為自己而活。只要你的心能夠掙開束縛，對我來說，已經足夠了。」

寒華微微一愣。

無名提腳，沒入花瓣雨中，往未知而去。

風中隱約傳來低吟……

「願為西南風，長逝入君懷。」

十五夜，月圓。

月光照射中，寒華正盤坐半空，似乎有所感應，他的雙目緩緩睜開。

「你終於還是找來了。」他冰冷的聲音響起。

在這座山谷中開得最為繁茂的那株櫻花樹上，有一個暗影淺淺浮現，若不是仔細分辨，幾乎無法察覺到那個綽約人形。

「難得你會有如此的風雅友人，不但品味高雅，連隱匿行蹤的法術也高人一等，足足花去了我一個月的時間用來找尋。」

那人的聲音頗為動聽。

「你還沒有死心？」

相對的，寒華的聲音就顯得太過冷洌。

那人聞言笑了一聲，說：「你知道的，如不趁此良機，我怕……再也不會有這麼好的機會了。」

寒華微一挑眉，問道：「你當真這麼有把握置我於死地？」

「不敢，只求叔父你能安睡一段時日，對我來說就是幸運的了。」

月光明亮，風突然間止了，那人的面目自滿天飛花中顯現出來。

那是一位斯文爾雅、風度翩翩的青衣公子。不但身著絲衣華履，手中還持著一把玉扇，時有時無地扇著，乍一看去，如同著春日出遊踏青的世家子弟模樣。

「話說回來，這個地方的主人真令我好奇。不知我是否有緣結識這位熟識上古奇術神文的高人？」那人態度悠然地問道。

「廢話就不用多說了，既然你我之間多年來各持己見，又無一人願意退讓，不如就趁今夜做個了斷。」

那人面容一整，稍帶疑惑：「不知叔父能否告知，這幾天有什麼奇遇，怎麼會突然說出這麼絕情的話來了？」

他問這番話大有道理，因為之前不論兩人如何相爭，寒華始終對他留了幾分寬容，是以一直以來自己有恃無恐。

要知道他們兩人之間，論實力，寒華一直居於上風，直到最近形勢才有些變化。但就算是這樣，大家也最多是伯仲之間，寒華若存心相搏，他是絕對討不著什麼好處。

「你我爭鬥的時間實在太久，我已經失了耐心。不如就今夜一決高下，要是我敗了，就不再沾手你們的事。」

那人眼前一亮：「叔父此話當真？」

雖然問了，但他心裡很明白，以寒華的為人，既然說出了口，就絕不會反悔或是食言。

不然，他也不會為了當年的一個承諾，而和自己僵持了近萬年的時光。

就算拚得毀去這萬年以來的修行，若是能讓寒華就此撒手不管，也是絕對合算的。

「動手吧！」寒華凌空站立起來。

狂風平地，捲起漫天花雨。

同一時刻，後山。

洞穴似乎頗為深邃，只在盡頭處隱約有些光亮。

到底是進去還是不進去？

要是不進，恐怕永遠不會知道無名的身分和目的。

但要是進了，不就是不道德地偷窺了無名一直在隱藏的祕密？

蒼淚一時感覺有些兩難。

半晌，硬是咬了咬牙，戰戰兢兢地往裡走去。

好冷！

他站定，不敢相信地來回張望，不過就是兩步之遙，洞裡和洞外居然相差了四季的溫度。

玄陰之穴？難道說，這裡就是世間寒氣匯聚之地？

怪不得無名不許惜夜進來，這麼重的寒氣纏到身上，縱然受不傷，難免也會折損修行。

細細一看，洞口四壁畫著符咒，這些符咒似乎不是用來阻止外人闖入，而是隱藏這處洞穴散發出的寒氣。

對了，他怎麼忘了，師父的仙氣和這寒穴本質相同，無名既然存心隱藏這裡，自然得封住外洩的寒氣，不然師父怎麼會沒有發覺這裡有處玄陰之穴？

洞壁上泛出隱隱光亮，越往裡走，越是明亮。穴壁上結滿了似藍似白的層層堅冰，煞是美麗。

越走，蒼淚越覺得驚奇。

縱然是他，也覺得這裡寒氣逼人，勉強才能舉步。何況這洞不但出乎想像地深遠，並且越走越是寬闊，不知要通到哪裡去。

寒氣隨著漸漸深入而越發強烈，讓他更加舉步維艱起來。那個無名，為什麼每個月要到這地方來，還一待就是一整夜？

十五至陰，這穴寒氣最盛，看來荏弱的無名又怎麼能抵抗這種寒氣？

越走，蒼淚越是驚訝，腦了裡的疑問也就越多。

前方光線最為強烈，應該就是這洞穴最為陰寒的地方了。

他放緩腳步，探頭看去。

白光刺眼，好一會雙眼才能看見東西。

自己居然是站在冰雪形成的階梯頂端，放眼望去，洞中空間廣闊，好似一座巨大的水晶冰宮。入目一片潔白，有如白晝光耀，四周的冰柱自上而垂落，形狀如同一匹匹在下落時突然被凍結住的瀑布。

蒼淚一愕。

這座玄陰之穴規模如此宏大，恐怕這世上難以再尋得一處了。

不就是天地至陰之穴？

這不是傳說中凝聚億萬年地水靈氣的地方嗎？

無名又不是水族，來這種地方做什麼？

再定神一看……

站在那裡的人不就是……無名？

9

一身藍衣的無名正閉著眼睛，站立在看似無底的冰層中央。

他的腳下，以紅色紋路繪著一個巨大的陣型，像一張圓形的蛛網占據了廣闊冰層泰半的面積。

無名正是站在這圓的中心位置。

細看，那一條條的線文，竟是由無數蠅頭大小的上古神文排列而成。

這麼大的陣式，豈不是要不停寫上幾年才能完成？

只要寫錯了一個字，不就都前功盡棄了？

「不要過來。」一聲輕微的話語在空曠中撞出陣陣回音。

一回神，正對上無名已然睜開的深幽雙眼。

「我……」蒼淚站了出來，有些無措：「我只是……」

「無妨。」無名似是輕輕嘆了一聲：「你來了也好。」

「這個陣……」

「太古有神，名為虛無。能驅動虛無神力的，就是這『虛無之陣』。」無名這幾天一直戴著的面具除去了，臉色看來十分蒼白：「不過，我沒有更多的時間完成全部，你現在所看到的，只是這陣極小的一部分。」

蒼淚皺起眉頭：「這陣形，我像在哪裡看過。」

「你沒有親眼見過。」無名垂首，髮絲隨之垂落：「他昔日所列的『誅神之陣』，其實也是從『虛無之陣』中推化而來。天地萬物，自虛無始。這個陣，動用的就是萬物的根本，也是一切萬法的根本。」

「你為什麼要列這個陣？」

「為了我自己。」無名回答，沒有一絲猶疑：「出於一個私心的目的。」

「聽說，當年他為了列誅神陣，受了極重的反噬，足足修養了五千年之久。」

「有益自然有損，乃是天地依循的道理。」

「他和你一樣，列陣也是為了私欲。你呢？列陣誅神是為了什麼？」只能滅於此陣的上古神眾已經所剩無幾，無名要對付的會是哪個？

無名搖頭，說：「你誤會了，我這個陣不是為了傷人而列下的。」

「無名，你究竟……」

「他來了！」無名突然抬頭。

「誰？」蒼淚嚇了一跳，跟著他抬頭望向空無一物的洞頂。

無名再次閉起了雙眼，仰頭朝上，嘴中說著似咒語又如音律的話語。

蒼淚不由後退一步。

陣法開始催動，地上咒文化為陣陣光芒，將無名包圍其中。

那光芒由弱至強，竟在半空形成了兩道虛像的人影。

「師父！」衣袂飄揚，神情冷漠，不正是寒華！

而對立的那個人……

原來無名指的是他。

只看著二人先是交談，而後開始交手。

「不要去。」無名的聲音自陣中傳來：「這一戰在所難免，你就不必介入了。」

蒼淚剛踏出的腳步滯了一滯，思索再三，還是收了回來。

去了怕也幫不上什麼忙，反倒是無名這裡還有太多的事有待明瞭。

「我師父會勝嗎？」

「雖然你師父法力已經高於往日，但對手詭計多端更甚當初，想要分毫無損地得勝，是絕不可能的。」無名像他一樣仰首上望，神色有些凝重：「更何況他手上有多少誅神法器、用哪一種我們更不知道。鹿死誰手，實難斷言。」

「就算誅神法器盡出也未必傷得了我師父，就算他再狡猾，以師父的敏銳，也不會吃虧。」蒼淚神情篤定地說。

「我不這麼看，以他的為人，平時絕對會隱藏一部分實力。他現在下了決心要跟你師父一決生死，就不會再心存顧忌。現在的他已經不是你一直看見的那個樣子了。」無名輕輕喟嘆：「果然，一切都在朝著這個方向發展了。」

「無名，你和我師父……」

他早就想問了，為什麼師父在幾天前突然變成了另一種性格，而在那一夜醒來以後，居然又會是他所熟知的那個冰冷無情的師父？

「在很多年以前，我們就已經相識了。由於特殊的原因，寒華愛上了我。」

仙魔劫·無名

光芒飛舞間，無名的笑容淒涼而美麗：「可惜我始終拘泥於世俗，以及心中的不安拒絕了他。直到後來，我終於向自己承認，我早已對他動了情，可是一切都已經太晚。

「他忘記了一切，變回了這個無情無愛的寒華；而我，則永遠地失去了他，苟活在這世上，日夜受著無盡的折磨。」

「不是我懷疑你的說法，但，以我所認識的師父，不像是會為情而動的人。」他覺得蹊蹺，無名所說的一切不像是真的，反倒像一種被設計的情節。

「蒼淚，你很聰明，比我要聰明得多。你猜的不錯，那是一個詭計，美麗而殘忍的詭計。你師父並未對我動情，只是中了別人的計謀。而我直到最後一刻，最後一個知道了這件事。」無名淒然一笑：「幸好，寒華並沒有受到太大的傷害，一切不過變回了原來。」

蒼淚吁了口氣，吁完，才覺得這麼安心很不應該。

「一切變回了原來，那你呢？」

師父或許不會記得，但無名……

「我？」無名的視線始終沒有離開過空中飛舞著的那個白色身影：「我一直以為自己早已經死了，在三百年前，或許更久以前。

「直到你帶來了寒華，那個曾經為我可以傾盡所有的寒華……我才知道，早就應該消逝的我，究竟是為了什麼才等了三百年。其實我一直不甘心，我想再見他一面，和我的那一段情真正告別。」

「師父他變回這樣，是因為你？」他是對師父下了什麼忘情的符咒，師父才會一覺醒來，又變回了從前。

「這個才是寒華啊！那個愛上我的，始終只是他心裡的一個影子。我們常常在做醒來以後什麼都不記得的夢，不是嗎？」

那麼，最不幸的，從頭到尾，只有無名……

仙魔劫 無名

我終於向自己承認，我早已對他動了情，可是，一切都已經太晚……

「你又何必為我難過？相守一世，也未必能相悅一時。你的雙親，何嘗不是如此？」

「所以，我才知道被所愛之人背棄的痛苦。」那痛夜夜痴纏，無一刻得以停歇。愛得越深，痛越徹骨。

最可悲的，是連怨恨也做不到……

「既然你懂，為什麼始終不肯原諒他呢？他那麼做根本不是源於愛，他連自己究竟想要的是什麼都不明白。他只是習慣了去怨恨，從不知道失去的已經遠比他想像中的要多。到最後，他一定會後悔的。」

「不，我不相信！他那麼殘忍，一手顛覆了一切，奪去了所有。我不相信你從來沒有怨恨過他！」蒼淚的神情轉冷。

「我感激他，也可憐他，並沒有怨恨過他。一直以來，一直如此。」無名微微一笑：「要不是他，就不會有這段情，要不是他，我又怎麼才能再見到寒華？」

「我不會，萬年的仇怨，又怎麼可能泯滅在談笑之間？」

「我們的命運，盡皆源自於他，這是不容改變的。何況，他心裡的苦，也不比你我要少，讓他這樣活著，已經是最大的懲罰了。」

蒼淚不語。

「蒼淚。」無名終於將目光轉了過來，首次與他正面相對：「替我……向寒華道別。」

說完他平舉雙手，雙目合上，空中人影正在此刻合而乍分，同時化為一片光幕，沒入虛空。

陣中吹過一陣異風，無名的髮與衣衫飄揚而起。

「無名！」蒼淚驚異地望著這一幕，不知道他為什麼突然催動陣法。

仙魔劫 無名

「不是無名。在許多年以前，我姓連，我叫做連玉。」

話音剛落，無名及腰的長髮齊肩被光芒斬斷，卻沒有墜落地面，反而和空中飛舞的光芒混雜到了一起，形成了一個碩大的空間，把無名和陣式包圍其中，陣外的人再也看不見裡面發生什麼。

蒼淚愣愣地看著。

那片光芒，金銀相混，爍爍生輝，極是壯麗。

「無名！」一聲驚叫響起。

眼角黑影閃動，蒼淚直覺地伸出手去，一把抓住。

「無名！」他用力想要甩開蒼淚的手臂。

「你想害死他嗎？」蒼淚牢牢地抓住他，沉聲喝罵：「陣式已經發動，你闖不進去的。」

「可是……無名他……」他的腿一下子軟倒在了冰冷的地面上：「沒有絳

草了，這世上的最後一株也已用盡了，無名……」

「這是他自己的決定。」說不上為什麼，蒼淚隱約察覺到了無名的用意。

「你知道什麼！」惜夜掙脫他，自己站了起來：「你為什麼要施法制住我？明知道世上已沒有絳草，你為什麼還要答應我？」

「我沒有答應過你任何事，何況，我並不認為無名希望那樣。」蒼淚的目光有些冰冷，那冰冷與他一向帶著稚氣的形象相距得太遠：「不論無名在做什麼，這都是無名自己做的決定，他知道會有什麼後果。惜夜，不要太任性了，有些事不是你想改變就能改變的。」

惜夜用陌生的眼光看著他。

「我錯了。」下一刻，他突然笑了出來，笑得苦澀又嘲諷：「我本以為你是她的兒子，你和他們是不同的。其實，你們都一樣，一樣的血脈註定了一樣的性情。」

蒼淚眉頭一皺：「你說什麼？你在說誰？」

「為什麼別人都該為你們的願望作出犧牲？你們可曾想過別人的心情？」

惜夜把臉轉向光幕，似是在喃喃自語：「無名，你真是個傻瓜，總是一個勁地追在遙不可及的奢望之後，徒勞地想抓住什麼。你看吧！別人只當你是個笑話，他們覺得，你所做的一切永遠是理所當然的。」

「惜夜，你到底是什麼人？」蒼淚一把抓住他的肩膀。

「對於你們來講，我們是什麼重要嗎？神仙妖鬼，或者只是汙濁無用的凡人。你們是上古之神，你們可以任意決定所有的事。你們從來不懂得珍惜是什麼，對於你們來講，什麼情啊愛啊，不是無用的試煉，就是消遣的玩物吧！」

他用力甩開蒼淚的手，臉上盡是決絕的傲氣，那傲氣，讓蒼淚的心為之一凜。

「你不要胡說，我從沒有那麼想過。」

「真的嗎？」惜夜站得筆直，眉往上挑：「你們冷血的水族，根本就不懂得什麼叫情。寒華根本就配不上無名。」

「你要去哪裡？」

「我去殺了他。」惜夜沒有停下腳步：「我從來不信，這世上會有什麼宿命。」

蒼淚想追，卻又放心不下陣中的無名，兩相權衡，嘆了口氣，最終還是追了出去。

因為，感覺若是放任不管……會出事的……

同一時刻。

一青一白，乍合而分。

「幾日不見，叔父的法力大勝往昔。」雖然笑得輕鬆，但他的心裡可不只是驚訝那麼簡單。「我道叔父怎麼會說出對決的話來，原來您早就有了打算。」

寒華輕輕拭去頰上血絲，也不答話。

那人提起衣袖，看著劃破的口子，嘖嘖搖頭：「若差上分毫，我這隻手就慘了！」

寒華五指疾張，冷冷說道：「我不只是想要手臂。」

那人眸色一暗，笑意更濃：「在這之前，我有一件事想要告知叔父。」

寒華微皺了下眉。

「叔父先別生氣。」那人的眼光極為敏銳，已經看見了寒華這小小的表情變化：「事關炙炎神珠。」

寒華也笑了，卻是讓人冷到骨髓裡的那種笑容。

「你到此時還玩攻心之戰，未免有點無聊。殺了你以後我有的是時間去找，或者在你魂魄消散前，我總會有辦法讓你開口說出來。」

任那人再深的城府，也有點笑不出來了。

「寒華，我尊稱你為叔父，是因為念在當年的情分上。論修為，你我最多平分秋色，你真以為我是怕了你不成？」

「你根本就不配這麼稱呼我。」

「好個無情無心的寒華！難怪當年在長白山上，你能夠眼也不眨地殺了那位公子。」

寒華的眼角忽地一跳。

「對了。」那人張開摺扇，隨手輕扇：「那位公子叫什麼來著？有不少年了吧，連我都不太記得了。」

「連無瑕。」

原來是他！竟會是他，怪不得……似曾相識……

「對！對！連公子！」那人在掌中輕擊摺扇：「正是那位無瑕公子。」

仙魔劫 無名

寒華不由低頭，白衫上，點點銀光。

願為西南風，長逝入君懷。

非鬼亦非仙，一曲桃花水……

……別時尚年少，再見已白頭。

你若真的死了，上窮碧落下黃泉，我定會找著你……

哪怕是等上千年、萬年，或是永遠……

從此，天上人間，怕不得再見……

空茫中，似有一人在他耳邊低聲細語。

寒華失了神，只是一瞬。

一瞬！

足夠了！

寒華，你終究……

玉骨摺扇化為利刃，千萬劍光，漫天而來。

寒華驚覺，劍光及近，以他的身手，也只來得及側身閃避。

10

那人原本已經面露喜色，卻在刺中寒華胸口時表情一滯。

這把劍是誅神法器中力量最為強大的一件，縱是寒華，在防備不足之下，怕也不能直攖其鋒。這一劍就算刺不死他，也要叫他身上添個大大的窟窿。

但劍鋒及身，卻如同刺在滑溜之物上，就像被一隻無形的手引偏了，在寒華的胸口滑了開去，連帶他也一下與寒華又錯開數丈。

他大驚之下，收劍回頭。

寒華也是微訝。

沒有受傷！

那人一愣：「怎麼？那是什麼，竟能擋住我的『毀意』？」

嘶——

一聲輕響，那擋住了一劍的外袍在此刻方才撕裂開來。

更為奇怪的，是那道撕開的口子竟滲出了鮮紅。

那件衣服在流血！

「移魂替身！」那人輕呼，語帶驚訝：「這移魂替身居然能擋得住誅神法器……莫非施法的人……」

今日，有一件事物想要贈予上仙……

只是……一件衣裳。

「叔父當真好人緣，竟有人願意犧牲自己的性命替你擋下這一擊。」那人的笑容有點牽強起來。

從此，天上人間，怕不得再見……

為什麼？他為什麼要這麼做？

一聲怒喝破空而來。

黑衣閃動，又一道暗影撲面而來。

寒華身形微動，錯開幾步，閃過了這一鞭。

「寒華！」一鞭又一鞭地襲來，持鞭的人神情悲憤至極。

「惜夜！」後方追來一道人影，試圖阻攔他。「你不要亂來！」

「我殺了你！」惜夜毫不理會勸解。

寒華輕鬆地側身閃躲，為他的狀似瘋狂皺起眉來。

「惜夜，快住手！」師父可從不容人對他這般放肆。

寒華冷哼一聲，屈指彈出。

仙魔劫 無名

「啪！」

鞭斷！

原本快如疾風的黑影也乍然停下。

「惜夜，事已成定局，你要坦然接受才是。」蒼淚一把扣住他的手腕。

寒華冷冷相對，不言不語。

「不對不對，那人現在八成已經沒了性命。唉，實在可惜，這世上會移魂替身的人可不多了。」

「你！」蒼淚怒目而視。

那青衣男人回了個微笑。

掌中扣著的手腕突然一抖，蒼淚回神看見。

「放開我吧，我如今可沒本事殺他，這法術也沒有辦法逆轉。」惜夜靜靜地說。

現在的他好像突然間變成了另一個人，剛才瘋狂的樣子已經一絲一毫也不見了。

「惜夜。」

「惜夜？」惜夜笑了：「這是我的名字嗎？」

「你怎麼了？」現在的他，好像更不對勁了。

「別這麼沒禮貌，論輩分，你還不夠資格叫我的名字。」惜夜收回手，輕輕撫著腕處。

蒼淚不明所以地看著這個陌生的惜夜，震驚於此刻他身上散發出來的氣息。

果然……是紅蓮之火的味道……

惜夜的目光環視過全場，最後落到了那青衣男人的臉上。

「太淵，怎麼你過了這麼多年，還沒有放棄嗎？」他平靜地問道。

話音一出，每個人多少都覺得驚異。

青衣男子正是太淵。

而這個惜夜，又是什麼人？

「這位公子的話，請恕在下不太明白。」太淵眼珠一轉，笑著問。

「你對她的情真有那麼深嗎？你有沒有問過自己，這麼做值不值得？」惜夜照樣自顧自說著，帶著諷刺的味道。

太淵突地一愣，似乎是想到了什麼，手中搖扇的動作也停了下來。

「不過是一千多年不見，你真的連我都認不出來了？」惜夜笑著理了理頭髮，眼中似乎藏著什麼。

「啪！」

太淵的摺扇落到了地上。

他的嘴唇開合了好一會，卻發不出聲音。

「熾翼！」寒華的聲音響起，難得他冰冷的語氣中也會帶著驚訝。

「你終於看出來了。」惜夜露出一抹自嘲。「你和我有一萬年沒有見過了吧！」

「你沒有死？」早就應該在一萬年前死去的這個人，居然會在這個時間，這個地點出現，實在太不可思議了。「當年，你是怎麼從誅神之陣中存活下來的？」

「這就要問太淵了。」惜夜斜過眼睛看著兀自發愣的太淵：「如果不是他，我又怎麼能從那種陣法中逃出生天呢？」

「熾翼……」蒼淚不敢相信地看著這個一直被自己當作妖物的惜夜：「那你不就是……」

「我都說了，你不夠資格直呼我的名字。」惜夜望著他，帶著幾分好笑：「照輩分，你怎麼說都得稱呼我一聲舅父才是。」

赤皇熾翼？

這個自稱妖物的男人，居然就是當年和太淵決戰到最後一刻的火族赤皇？

他是自己母親的兄長，按輩分來算，自己的確是他的外甥。

可是，那個昔日威名顯赫的火族赤皇，怎麼會變成這副神不像神、妖不像妖的樣子？

「這不都得感謝這位法力無邊、才智卓絕的太淵大人？」看出了他的疑惑，惜夜倒是不甚在意：「不過說到底，成王敗寇，我有今天完全是咎由自取。能活著就是不容易的了，這也得感謝他呢！」

太淵眸光閃爍。

「既然都是多年不見的故人，今夜之事，能否暫時罷手？」惜夜平靜地說道：「過了今夜以後，不論你們要怎樣拚個你死我活，就跟我們一點關係也沒有了。」

寒華不語。

太淵看了看惜夜，欲言又止，靜靜點了點頭。

惜夜猛地轉身，朝寒華跪了下去。

「熾翼！」太淵大驚，踏前兩步。

惜夜像是沒有聽見，朝寒華俯首叩拜：「我知道現在的我已經不是你的對手，所以，我現在是在求你，求你去見一見無名。如果是現在……還來得及見他最後一面的，求求你了，無名他……一定希望，最後陪在他身邊的，能夠是你。」

寒華面色如常，低頭看了看胸口，爾後脫去外袍。

白色的衣裳被扔到了地上，潔白中有一縷鮮紅。

不正如那人的髮色？

惜夜愣愣看著，一把抓起，捂到心口，眼眶泛酸，差一點忍不住要落下淚來。

「就看在……他願意為你去死……難道……你們真的沒有悲憫之心嗎？還

是，我們所遇到的……」

「我並沒有要求他那麼做。」寒華的聲音冰冷。

「這件衣服是無名親手為你做的。」

惜夜撫摸著衣料中泛著銀光的髮絲：「他送給你的不只是他的性命，而是他的所有。過了今夜，他的魂魄就會消失，從此，再也沒有這個人，沒有人會為你日夜相候，沒有人再對你一往情深。

「為了你，他甚至連轉世投胎的機會也不會再有。你就當是憐憫一個愚昧的凡人，一個一夜之間為你白了滿頭黑髮的凡人，一個就要永遠消逝的魂魄……」

他抬頭看了看寒華七情不動的面容，喃喃說道：「為什麼要愛上你，若他愛的是我，那該多好……」

一旁的太淵聞言，嘴角微微抽動了一下，原本琥珀色的眸瞳化為深黑。

蒼淚看見了，玩味地挑了挑眉，若有所思。

寒華則淡淡地答道：「好，我就去見他一面。」

「熾翼！」

惜夜收回望向遠處的目光，從地上站了起來。

「你這是要去哪裡？」

他停下腳步，一刻之後，才回過頭來。

他蒼白的臉上沒有任何的表情，淡淡地問：「太淵，我跟你之間，還有什麼好說的？」

「你剛才對寒華說的，是不是表示，那個人是你心中仰慕？」

「你我心裡都很明白，火族的赤皇在一萬年前就已經死在了誅神陣裡，不過是因為你的私心作祟，這個叫熾翼的失敗者才殘存了下來。

「一千五百年以前，我用熾翼的心和你交換了自由，從那一刻開始，我不過就是個神智失常的軀殼。直到三百年前，在煩惱海裡，我遇見了無名，他為我取了名字，許我一個嶄新的開始。」

想到了那一年，那一天，惜夜笑了：「我和你之間的恩恩怨怨、情情仇仇早就過去了，對現在的我來說，他才是最重要的。」

太淵的臉色有些發青。

「你這個樣子，只是因為你覺得自己的驕傲受到了打擊。」惜夜看見了，只覺得好笑：「不過話說回來，我一直就覺得，你根本不配和無名放在一起比較。」

「為什麼？」

惜夜輕輕搖了搖頭，轉身遠去：「只要看這一點就知道了，要是我愛上了無名，他絕不會要求我為了愛而剜出自己的心。」

太淵的臉上霎時一陣青白。

「你根本就不懂什麼是愛，你說自己深愛著她，只是一個天大的笑話。」

依稀能看見惜夜搖頭失笑。

太淵平日裡總像面具一樣戴在臉上的瀟灑自若早已不知所蹤，整個人如同森羅使者一般冷厲陰沉。

他望著惜夜離去的方向皺眉，猶豫了好長的時間，最後還是跟了上去。

蒼淚緩步走到他剛才站立的位置，俯首拾起顯然被遺棄了的摺扇。

白玉為骨，絲絹作面。

一株素心蘭娉婷於上。

他靜靜地倚靠在冰石之上，遠遠地望著前方自己耗盡心力，費時百年布下的巨大陣型。

再低頭看看斜過整個胸口的淋漓傷口，帶著微笑。

白色的衣角進入視線。

他費力地抬頭，因為炫目的光線而瞇著眼。

有一雙烏黑清洌的狹長鳳眼正望著他。

「寒華。」他的聲音幾如一陣嘆息。

寒華低頭看他，先是傷口，然後是清雅的眉目。

最後，他半蹲下來，單膝跪到冰面上。

「惜夜真是傻……就算是見著了，又如何呢？不過就是徒增傷感而已。」

無名苦澀一笑。

「這個陣，是逆天返生之陣？」寒華環顧四周：「你為什麼要這麼做？列這個陣不但會耗費無窮心血，更要時刻受到逆天之力反噬，何況你本來只是一個凡人，這麼做太不自量力了。」

「沒關係，反正我命中註定了要消逝在這個輪迴之中，能為大家做些事也好。」

寒華伸出手，把他半摟到了懷裡。

無名一驚，愣愣地望著他。

「你不是說過希望死在我的懷裡嗎？」

——願為西南風，長逝入君懷。

無名輕輕點了點頭。

「究竟是什麼使你們這麼執著？情愛，究竟是什麼？」

「寒華，你不需要明白，在你的世界裡是沒有那些東西的。」無名半閉上了眼：「謝謝你仍然願意來見我一面，這就足夠了，對我來說，這已經足夠了。」

「你會魂飛魄散，永不超生。」

無名費力地抬高視線，朝他微笑。

這個和自己的命運糾纏了三百多年的凡人，笑起來有一種空靈脫俗的美。

「寒華。」他慢慢合上了雙眼：「我從來沒有後悔過……從來沒有改變過……只是到了今天……」

還沒有來得及講完，十分突然地，抱在寒華懷裡的身影，化為了一陣星屑，一泓湖光，就這麼消失了。

寒華站立起來，鬆手放開那件已然空蕩無物的藍色衣袍，任它落到了地上。

欲尋無蹤，神魂已遠。

這一次……

衣袍下有一物爍爍生輝，隔空招來，是一顆珠子。

豔如紅蓮，燃重生之火。

炙炎神珠？

這一次……碧落黃泉……永不相見……

前塵

「尊者，您怎麼了？從剛才開始，就像失了神呢！」梳著垂髫的侍童為他披上白色長巾，阻擋不知何時颳起的寒風。

「我做了個夢。」他執起那幅雪白。

「尊者做了什麼夢？」青衣小童好奇地探問。

他的神情有一絲淡淡的倦意：「一個關於未來的夢。」

「哎呀！尊者，您別動！」侍童雙手湊上了他的鬢邊。

仙魔劫 無名

「好了！」侍童獻寶似地捧給他看：「尊者，我找到一根白色的頭髮呢！」

他伸手接過，髮色如雪。

「對了，尊者，你還沒有告訴我夢到了什麼呢！」

他沒有立刻回答，只是望著自己披散在榻上的烏黑長髮，然後，是那一絲執在手中的銀白。

相思何以憑？一夜青絲盡飛雪。

他長長地嘆了口氣。

「我夢到了……我自己的未來……」

窗外，雲霧輕迴。

滿池蓮花。

後事

二〇〇八年十一月　巔峰學院　第六圖書館

砰！

「對不起！對不起！」那道歉聲帶著焦急和懊惱。

一旁的女生A不覺又嘆了口氣。

走個路也能絆到椅腳外帶連累路人的，也只有這個「超級無敵人形闖禍機」了。

仙魔劫 無名

看這滿地的書稿和紙張，被撞到的人一定很傷腦筋。

加上這個越幫越忙的……看！她已經在摧殘那些看似脆弱的古舊紙張了！

「先等等！」果然，有人及時出聲阻止了她的魔爪。

「我來幫你撿！」可惜，某人顯然不瞭解自己的危險性，擺明了要「辣手摧書」。

「不用了。妳沒什麼事吧？我剛才好像看見妳撞到椅子了。」

這個受害人倒是挺好心的，但說不定就是想轉移注意力才這麼說的吧！

「沒關係，我幫你撿！」

「漣漪。」一直沒作聲的女生A終於出面：「我想，這位學長的意思是，請妳站著別動，這些『珍貴』的古籍由他來撿會比較好。」

闖禍的女生B頓住，然後又輕又慢地把手中有些皺了的紙張放到地上，動作之小心謹慎，就像那是一枚隨時會爆炸的手榴彈。

然後，模仿發條完全鬆掉的娃娃，蹲在那裡施展「定身術」。

女生A覺得有趣極了。

那位不幸的受害者也愣了一下，然後反應還算是迅速地收拾完一地狼藉。

「好了，妳現在可以動了。」他把東西放到一邊，走到那個「僵硬」的女孩子面前，問：「妳站得起來嗎？」

女生B眨了眨眼睛，從「石化」狀態下恢復過來。

「你確定我可以動了？」

他正經地予以保證：「我確定。」

「噢！」這位學長的聲音很好聽呢！

女生A索性坐到一旁的椅子上，擺出看戲的姿勢。

「啊──」毫不意外地，女生B在站起來的那一刻拐到了腳。

「痛啊！」她條件反射地閉上了眼睛，等待痛苦降臨。

仙魔劫 無名

他也嚇了一跳，沒想到「站起來」這麼簡單的動作轉眼間也會釀成一起慘劇。

更奇怪的是……這位怎麼會一臉已經摔倒的表情？

「妳不要怕，我已經抓住妳了。」準確地說，是她一把抓住了自己的衣領，他本能地扶住了她以保持自身平衡。

女生B等過了幾秒，才又開始呼吸。

女生A別過臉偷笑。

「對不起！」女生B一張開眼，就發現自己又在蹂躪他人，懊惱地垂下了腦袋。

「沒關係。」他終於忍不住微笑了起來：「下次要小心點。」

沒生氣？這位學長脾氣好好喔！

女生B懷著崇敬之情抬頭，準備仔細看一看這位「寬容」的學長。

咦咦咦咦咦！

這位學長，長得真是漂亮！

男生居然能長得這麼漂亮？

女生B忍不住回頭去看被公認為美人的女生A。

果然，這位學長比較漂亮！

「白同學。」他不敢貿然放手，怕她再出什麼狀況，看她的表情，是很難說……

「你好美！」女生B痴痴地說，痴痴地盯著那只能用「驚為天人」來形容的美麗臉龐。

那種「我想染指你」的表情，讓他手心出了點冷汗。

「你別介意，她對美麗的東西一向沒什麼抵抗力。」女生A在一旁註解。

難得看見這道「美景」，她可不想過早地把他嚇跑。「你放心，她只是在表示

仙魔劫 無名

她很欣賞你。」

畢竟，這個「美人」可不是隨時能看得到的。

他點點頭，輕輕地放開女生B，然後習慣性地開始微笑：「以後走路要小心一點。」

女生B突然皺了皺眉，回頭對女生A講：「明媚，我也去把頭髮染成白色的好不好？」

女生A聳了聳肩：「會很醜。」

她以為人人都有這種滿頭白髮反倒飄逸美麗的本錢啊？

「可是……」真的很好看啊！有這樣一頭白銀似的長髮。

他一愣，看了看自己的頭髮，笑著說：「我的頭髮不是染的，它天生就是這個顏色。」

「混血兒？」也不像啊！

「不是。」他搖了搖頭：「大概是一種基因突變，我的父母都是黑髮。」

「很漂亮！」女生B用力肯定。

「謝謝，白同學。」他也報以微笑。

「咦？你怎麼知道我姓白？」

身後的女生A再度捂住嘴。

「有名牌。」他比了比自己的胸口，金色的名牌正閃閃發光。

白色的三年級制服，袖口的釦飾一樣是金色的。

金色……好像有什麼特別的……

他的眼睛好深邃，唇色也很紅，笑起來……

「你也姓白？好巧啊！」女生B笑瞇了眼。

「看夠了沒有啊？」人家走出視線範圍有三百公尺了吧！

仙魔劫 無名

「明媚，他真漂亮！」女生B嘆了口氣。

女生A點頭：「是個優雅的古典美人。」

「看見這麼美麗的人，妳都不感動嗎？」女生B為她的理智感到驚訝，天知道她多麼辛苦才克制住自己沒有在美麗的學長面前失態！她好想擁抱一下美麗的學長以表達自己的感動喔！

女生A勾起嘴角：「感動過了。」

「啊？」是什麼意思啊？

「在入學典禮那天，我已經為他的『美貌』感動過了。」

「怎麼會！我沒什麼印象啊！」女生B驚呼。

「因為妳的注意力完全在另一個『美麗的人』身上。」否則，以那種耀眼的純白色，有誰能夠毫不在意地忽略掉？

女生B眨了眨眼睛。

女生A拿出隨身小抄：「白晝，大學部三年級，今年二十二歲，著名植物學專家。就像妳看見的，性格好得不得了。在妳那『世界上最美麗的人』還沒有出現以前，單獨蟬聯校園美男子排行榜第一名寶座達五年之久。」

「是嗎？」女生B虛心受教：「我都沒聽說過。」

「那是因為妳盯別人盯得太專心了。」女生A摸摸她的頭：「而且妳有沒有看見他的袖釦是金色的？他是特殊生，不需要經常到校。」

女生B點了點頭。

「明媚啊！妳說他跟千秋學長比，誰更帥呢？」忍不住，她還是問了：「我知道比這個很無聊啦！可是……」

「左千秋？」女生A想了想，反問道：「妳覺得呢？」

「千秋學長。」掙扎了半天，女生B還是忍痛做了選擇。

「也不一定，各有特色，看個人喜好嘍！」白晝飄逸出塵，左千秋神祕優雅，

仙魔劫 無名

應該算是平分秋色的兩種類型。

女生B紅著臉，喃喃自語地說：「個人喜好……」

女生A見狀低頭偷笑。

不過說到那兩個人，真是屬於傾國傾城的「禍水」那一級的。白晝看似平易近人，不過總是與人保持安全距離。更別說那個永遠「目中無人」的左千秋，那種前一刻跟你打成一片，一轉身問「你是誰」的特異功能，還真是有趣得不得了。

是兩個一樣冷淡的男人呢！

說實話，她對這兩個冷淡的男人還是很欣賞的，可惜……這輩子好像和他們沒什麼緣分呢！

左千秋就不用多想了，連那個白晝的紅線也是在上輩子就被凍成冰線了，還是萬年化不開的那種……

唉！可憐的漣漪，為什麼看入眼的都是這種註定今生無緣的類型？

大概是因為那種天生吸引靈氣的體質，才會總是遇見這種類型的人吧！

如果，那兩個還稱得上是「人」的話……

「漣漪，妳在流鼻血。」她提醒著呆站一旁，早已經不知胡思亂想到哪裡去了的女生B。

「妳知道的，天氣熱嘛！」女生B毫不驚慌地仰起頭。

「是啊。」女生A也習慣了似地拿出紙巾遞給她。「不過，妳還是少出來亂走比較好，我聽說這裡還有不少身材好的男人。」

「也對，免得一直中暑。」女生B乖乖地附和。「醫生說我有嚴重貧血的傾向，像我這麼柔弱的女生要多注意休息才是呢！」

「白漣漪！」剛走出圖書館，她們班的班長遠遠地在招呼女生B：「下午的鐵人三項，我們班就全靠妳了！不過這次妳也別太認真，領先大家半小時就

仙魔劫 無名

好了！」

他知道自己很特別。

不止外貌，在某些地方，自己的特別，令人覺得……可怕。

他撫摸著一朵半開的玫瑰，在下一個瞬間，玫瑰像是被施了魔法，盡情地在他指尖怒放盛開。

「哥哥……」

一聲輕微的呼喊讓他收回了手，並立刻微笑著回過頭。

「白夜。」他溫柔地喊著唯一的妹妹：「妳回來啦。」

白夜胡亂地點了個頭，越過他，往樓上走去。

「白夜，明天開始我要去野外考察，可能會去一個月左右。」

她依舊只是點了點頭，飛快地跑上樓去了。

真有……那麼可怕嗎？

他的眸光一陣黯淡。

白夜……總以為他是魔鬼，從小就很討厭他。

不，所有的人，包括他已經去世的父母，所有的人都很討厭他。

如果……不存在，也無所謂吧！

沒有人需要你……白晝啊，你是為了誰才來到這個世上的？

有沒有人在等著你……

那個人……究竟在哪裡呢……

——《仙魔劫之無名》完

高寶書版集團
gobooks.com.tw

BL008
仙魔劫之無名
作　　者　墨　竹
繪　　者　zabu
編　　輯　林紓平
校　　對　任芸慧
排　　版　彭立瑋

發 行 人　朱凱蕾
出　　版　英屬維京群島商高寶國際有限公司臺灣分公司
Global Group Holdings, Ltd.
地　　址　臺北市內湖區洲子街88號3樓
網　　址　www.gobooks.com.tw
電　　話　(02) 27992788
電　　郵　readers@gobooks.com.tw（讀者服務部）
pr@gobooks.com.tw（公關諮詢部）
傳　　真　出版部　(02) 27990909　行銷部 (02) 27993088
郵政劃撥　50404557
戶　　名　三日月書版股份有限公司
發　　行　三日月書版股份有限公司/Printed in Taiwan
初版日期　2018年9月

國家圖書館出版品預行編目(CIP)資料

仙魔劫：無名 / 墨竹著.-- 初版. -- 臺北市：高寶國際, 2018.09-
冊；　公分. --

ISBN 978-986-361-557-6(平裝)

857.7　　107010047

三日月書版

三日月書版

GOBOOKS & SITAK GROUP©

GOBOOKS
& SITAK
GROUP©